Der Zwangsfütterer von Witten
Ein packender Kriminalroman

Im beschaulichen Witten, einer Stadt mit einer friedlichen Fassade, lauert eine düstere Bedrohung. Ein sadistischer Mörder geht um – und seine grausame Handschrift lässt die Ermittler erschaudern. Seine Opfer sterben auf brutale Weise durch Zwangsfütterung, und der Täter hinterlässt keine eindeutigen Spuren. Die junge kleinwüchsige, aber entschlossene Polizeireporterin Svetlana Elendt steht vor ihrem wohl härtesten Fall.

Gemeinsam mit ihrem ungewöhnlichen Team von Ermittlern versucht sie, das Netz aus Lügen, Geheimnissen und Macht zu entwirren, das die Stadt durchdringt. Bald führt die Spur zu der renommierten WittenPharma AG und einem Netzwerk von skrupellosen Tätern. Wird es Svetlana und ihrem Team gelingen, den Mörder zu fassen, bevor er erneut zuschlägt?

"Der Zwangsfütterer von Witten" ist ein spannender Kriminalroman, der die Leser mit unerwarteten Wendungen und fesselnden Charakteren in den Bann zieht. Eine Geschichte über menschliche Abgründe, gefährliche Geheimnisse und die Frage, wie weit man für die Wahrheit gehen würde.

Der Zwangsfütterer von Witten

Inhaltsverzeichnis
Über dieses Buch

Rechtlicher Hinweis

Prolog: Ein grausamer Fund im Lutherpark (Edna Siehtnix)

Kapitel 1: Ein neuer Fall (Svetlana Elendt)

Kapitel 2: Das Team formiert sich

Kapitel 3: Die erste Spur (Claudia Donnerfuß)

Kapitel 4: WittenPharma AG (Dr. Ingrid Heiligenschein)

Kapitel 5: Eine dunkle Entdeckung (Dr. Lothar Grauenwurst)

Kapitel 6: Das Internat (Martin Großkugel)

Kapitel 7: Verbindungen entdecken (Svetlana Elendt)

Kapitel 8: Eine zweite Leiche (Sandra Trifftsicher)

Kapitel 9: Der Schweinemaskenräuber (Marco Huckevoll)

Kapitel 10: Die Konfrontation (Svetlana Elendt)

Kapitel 11: Die Entführung (Rudolf Unbequem)

Kapitel 12: Eine dritte Leiche (Svetlana Elendt)

Kapitel 13: Verzweifelte Eltern (Hannelore Rewaldi)

Kapitel 14: Eine heiße Spur (Claudia Donnerfuß)

Kapitel 15: Das Versteck der Entführer (Marco Huckevoll)

Kapitel 16: Rettungsaktion (Svetlana Elendt)

Kapitel 17: Verhöre und Geständnisse (Marco Huckevoll)

Kapitel 18: Der Plan nimmt Form an (Svetlana Elendt)

Kapitel 19: Das Büro von Ingrid Heiligenschein (Dr. Ingrid Heiligenschein)

Kapitel 20: Das Netzwerk der Täter (Martin Großkugel)

Kapitel 21: Neue Erkenntnisse (Dr. Gudrun Fleischwurst)

Kapitel 22: Der entscheidende Hinweis (Sandra Trifftsicher)

Kapitel 23: Das versteckte Labor (Svetlana Elendt)

Kapitel 24: Der Lutherpark (Edna Siehtnix)

Kapitel 25: Die dritte Entführung (Svetlana Elendt)

Kapitel 26: Verhör von Ingrid Heiligenschein (Dr. Ingrid Heiligenschein)

Kapitel 27: Die Rolle des Archivs (Claudia Donnerfuß)

Kapitel 28: Der fünfte Mord (Svetlana Elendt)

Kapitel 29: Der versteckte Raum (Sandra Trifftsicher)

Kapitel 30: Die entscheidende Entdeckung (Dr. Gudrun Fleischwurst)

Kapitel 31: Ein unerwarteter Verbündeter (Svetlana Elendt)

Kapitel 32: Der Plan der Entführer (Marco Huckevoll)

Kapitel 33: Der Fall spitzt sich zu (Claudia Donnerfuß)

Kapitel 34: Rückschlag (Svetlana Elendt)

Kapitel 35: Verdächtige im Visier (Martin Großkugel)

Kapitel 36: Versteckte Wahrheiten (Dr. Ingrid Heiligenschein)

Kapitel 37: Eine entscheidende Wende (Svetlana Elendt)

Kapitel 38: Das Versteck der Täter (Sandra Trifftsicher)

Kapitel 39: Die Razzia (Svetlana Elendt)

Kapitel 40: Verhöre und Enthüllungen (Dr. Gudrun Fleischwurst)

Kapitel 41: Der Maulwurf (Claudia Donnerfuß)

Kapitel 42: Ein unerwartetes Geständnis (Svetlana Elendt)

Kapitel 43: Die letzten Puzzleteile (Martin Großkugel)

Kapitel 44: Gerichtsvorbereitung (Staatsanwalt Klaus Nachtgeist)

Kapitel 45: Der Prozess gegen Huckevoll und Angsthase beginnt (Richter Helmut Hammerhart)

Kapitel 46: Die Zeugenaussagen Huckevoll und Angsthase (Hannelore Rewaldi)

Kapitel 47: Verteidigungsstrategien Huckevoll und Angsthase (Herold Donnergroll)

Kapitel 48: Schlüsselmoment Huckevoll und Angsthase (Svetlana Elendt)

Kapitel 49: Eine unerwartete Wendung Huckevoll und Angsthase (Maximilian Eisenhardt)

Kapitel 50: Die Schlusserklärung Huckevoll und Angsthase (Klaus Nachtgeist)

Kapitel 51: Die Urteilsfindung Huckevoll und Angsthase (Richter Helmut Hammerhart)

Kapitel 52: Das Urteil Huckevoll und Angsthase (Svetlana Elendt)

Kapitel 53: Eine neue Bedrohung (Dr. Ingrid Heiligenschein)
Kapitel 54: Eine gefährliche Entdeckung (Claudia Donnerfuß)
Kapitel 55: Ein letztes Aufbäumen (Svetlana Elendt)
Kapitel 56: Die letzte Schlacht
Kapitel 57: Die Verhöre Dr. Ingrid Heiligenschein und Dr. Grauenwurst
Kapitel 58: Der Abschlussbericht
Kapitel 59: Der Prozess gegen Heiligenschein und Grauenwurst beginnt (Richter Helmut Hammerhart)
Kapitel 60: Die Zeugenaussagen Heiligenschein und Grauenwurst (Waltraut Aufgewühlt)
Kapitel 61: Verteidigungsstrategien Heiligenschein und Grauenwurst (Herold Donnergroll)
Kapitel 62: Schlüsselmoment Heiligenschein und Grauenwurst (Dr. Jochen Hatbock)
Kapitel 63: Eine unerwartete Wendung Heiligenschein und Grauenwurst (Maximilian Eisenhardt)
Kapitel 64: Die Schlusserklärung Heiligenschein und Grauenwurst (Klaus Nachtgeist)
Kapitel 65: Die Urteilsfindung Heiligenschein und Grauenwurst (Richter Helmut Hammerhart)
Kapitel 66: Das Urteil Heiligenschein und Grauenwurst (Svetlana Elendt)
Kapitel 67: Aufräumarbeiten
Kapitel 68: Ein neues Kapitel
Epilog: Rückblick und Ausblick

Prolog
Ein grausamer Fund im Lutherpark (Edna Siehtnix)

Es ist ein kalter, nebliger Morgen im Lutherpark. Die ersten Sonnenstrahlen kämpfen sich mühsam durch den dichten Nebel, der die Bäume und Büsche in gespenstisches Licht taucht. Die Stille wird nur durch das leise Zwitschern der Vögel und das Rascheln der Blätter unterbrochen. Der Park wirkt wie eine verlassene Welt, in der Zeit und Raum stillzustehen scheinen.

Edna Siehtnix, eine ältere Dame mit einem Faible für frühe Spaziergänge, zieht ihren Schal fester um den Hals. Ihre Schritte sind gemächlich, ihr Atem bildet kleine Wölkchen in der kühlen Luft. Sie kennt den Park wie ihre Westentasche und liebt die Ruhe, die er ihr jeden Morgen bietet. Ein großartiger Beginn…

Plötzlich bleibt sie stehen. Ihr Fuß stößt gegen etwas Hartes, Unnachgiebiges. Verwirrt schaut sie nach unten und erkennt eine Hand, die aus dem feuchten Boden ragt. Ihr Herz beginnt schneller zu schlagen, als sie sich vorsichtig bückt, um das Hindernis genauer zu betrachten. Ihre Augen weiten sich vor Entsetzen, als sie erkennt, dass es sich um einen menschlichen Arm handelt.

„Um Himmels willen!", flüstert sie und stolpert rückwärts, ihre Hand zitternd an den Mund gepresst. Sie sieht sich hektisch um, ob jemand in der Nähe ist, aber der Park ist menschenleer. Panik überkommt sie, doch sie zwingt sich zur Ruhe. Edna tastet in ihrer Handtasche nach ihrem Notizblock, auf dessen Rückseite sie die Nummer des Notrufs geschrieben hat, für alle Fälle.

Mit zitternden Händen eilt sie zur nächsten gelben Telefonzelle, die sich glücklicherweise nicht weit entfernt am Rand des Parks befindet. Sie greift nach dem Hörer, drückt die Tasten und wartet, während das Wählen eine Ewigkeit zu dauern scheint. Endlich meldet sich eine Stimme.

„Notrufzentrale, wie kann ich Ihnen helfen?"

„Hallo? Ja, ich bin im Lutherpark. Ich habe… ich habe eine Leiche gefunden. Bitte, schicken Sie schnell jemanden her!" Ednas Stimme überschlägt sich vor Aufregung und Furcht.

„Beruhigen Sie sich, meine Dame. Können Sie mir Ihren genauen Standort im Park nennen?"

„Ich bin beim großen Eichbaum, in der Nähe des Teichs. Bitte beeilen Sie sich!" fleht Edna und legt auf, bevor ihre Beine nachgeben und sie sich gegen die Wand der Telefonzelle lehnt. Ihr Atem geht schnell und unregelmäßig, während sie versucht, das Gesehene zu verarbeiten.

Die Minuten ziehen sich wie Kaugummi, bis sie endlich in der Ferne das Heulen einer Sirene hört. Polizisten in uniformierten Fahrzeugen erreichen bald den Park und eilen zu der Stelle, die Edna beschrieben hat. Mit dem Eintreffen der Beamten und der Einleitung der Ermittlungen wird der Park in kürzester Zeit von einem stillen Zufluchtsort zu einem geschäftigen Tatort.

Edna sieht zu, wie die Polizisten den Bereich absperren und mit der Untersuchung beginnen. Sie fühlt sich wie in einem Albtraum gefangen, unfähig zu glauben, was sie gerade entdeckt hat. Der Morgen, der so friedlich begonnen hat, ist zu einem grauenhaften Ereignis geworden, das sie so schnell nicht vergessen wird.

Kapitel 1: Ein neuer Fall (Svetlana Elendt)

Es ist ein typischer grauer Morgen in Witten. Die Straßen der Innenstadt sind belebt, Menschen eilen geschäftig hin und her. Der Wochenmarkt ist in vollem Gange, und die Luft ist erfüllt von den Düften frischer Backwaren und Bratwürsten. Zwischen den Marktständen schlängelt sich Svetlana Elendt, eine kleine Frau mit kurzem, braunem Haar, zielstrebig durch die Menge. Ihr Ziel ist das Kaufhaus Horten, wo sie den neuen Commodore C64 kaufen will.

Svetlana, die seit längerem ohne Arbeit ist, hat eine Vorliebe für Technik und Erfindungen. Ihr spinatgrüner Citroën CX, den sie wegen ihres Kleinwuchses speziell hat anpassen lassen, steht sicher geparkt am Straßenrand. Sie läuft eilig weiter, die Hände in die Taschen ihrer Jacke vergraben, als sie plötzlich laute Schreie aus einer nahegelegenen Apotheke hört.

„Überfall! Überfall! Hilfe!"

Svetlana bleibt stehen und sieht, wie ein maskierter Mann mit einer Waffe die Apotheke betritt. Ein kurzer Moment der Unsicherheit überkommt sie, aber dann erinnert sie sich an ihr neuestes Gadget: ein Glibbergeschoss, das sie in ihrer Tasche trägt. Es handelt sich dabei um eine kleine, unscheinbare Kugel, die beim Aufprall schnell aufquillt und sich in eine klebrige, rutschige Masse verwandelt.

Mit zitternden Händen holt sie das Geschoss heraus und geht vorsichtig auf die Apothekentür zu. Sie nimmt einen tiefen Atemzug und zielt. Die Kugel fliegt durch die Tür und trifft den Boden der Apotheke, wo sie sich sofort ausbreitet und den ganzen Boden in eine glitschige Rutschbahn verwandelt.

Der Räuber, völlig überrascht, verliert das Gleichgewicht und stürzt zu Boden. Die Waffe rutscht ihm aus der Hand, und er bleibt benommen liegen. Die Kunden und Angestellten der Apotheke, die eben noch in Panik waren, starren ungläubig auf die Szene.

„Das… das hat funktioniert!", murmelt Svetlana, mehr zu sich selbst als zu den anderen. Sie tritt ein und sammelt die Waffe ein, bevor sie den Räuber mit einem Stück Schnur, das sie in ihrer Tasche findet, notdürftig fesselt.

Kurz darauf trifft die Polizei ein. Die Beamten sind beeindruckt von Svetlanas Einfallsreichtum und ihrer Fähigkeit, die Situation ohne Gewalt zu entschärfen. Einer der Polizisten, ein großer, muskulöser Mann mit ernstem Gesichtsausdruck, tritt auf sie zu.

„Das war beeindruckend, Frau Elendt. Wo haben Sie das gelernt?", fragt er und mustert sie neugierig.

„Oh, nur so eine kleine Erfindung von mir", antwortet Svetlana bescheiden. „Ich bastle gern an solchen Sachen herum."

Der Polizist nickt anerkennend. „Wir könnten jemanden wie Sie in unserem Team gebrauchen. Haben Sie Interesse, als Sonderermittlerin bei uns zu arbeiten?"

Svetlana ist überrascht, aber auch begeistert von dem Angebot. Sie zögert nur kurz, bevor sie nickt. „Ja, das würde ich gerne tun."

„Gut, dann kommen Sie morgen früh ins Polizeipräsidium. Wir haben einiges zu besprechen."

Svetlana verlässt die Apotheke mit einem breiten Lächeln auf den Lippen. Endlich hat sie die Chance, ihre Fähigkeiten sinnvoll einzusetzen und einen Job zu finden, der sie wirklich erfüllt. Während sie zu ihrem spinatgrünen Citroën CX zurückkehrt, kann sie die Aufregung kaum verbergen. Ein neuer Abschnitt in ihrem Leben beginnt, und sie ist bereit, sich jeder Herausforderung zu stellen, die auf sie wartet.

Kapitel 2: Das Team formiert sich

Es ist früh am Morgen, und das Polizeipräsidium Witten erwacht langsam zum Leben. Beamte und Angestellte gehen geschäftig ihren Aufgaben nach, Telefone klingeln, und die Kaffeemaschine brummt unaufhörlich. Die Wände des Präsidiums sind mit Fahndungsplakaten und Infotafeln gespickt, und auf den Schreibtischen stapeln sich Akten.

Svetlana Elendt betritt das Gebäude, ein wenig nervös, aber voller Tatendrang. Sie trägt eine einfache Jacke und Jeans, ihre Tasche mit Notizblock und ein paar ihrer selbstgebauten Gadgets fest unter dem Arm geklemmt. Nachdem sie an der Rezeption ihre Ankunft bestätigt hat, wird sie in einen Besprechungsraum geführt.

Im Raum sitzt bereits ihr neues Team. Claudia Donnerfuß, eine resolute Frau mit scharfen Augen und kurzem, blondem Haar, nickt Svetlana zur Begrüßung zu. Neben ihr sitzt Sandra Trifftsicher, eine hochgewachsene Frau mit dunklem Haar und einem durchdringenden Blick, dem nichts zu entgehen scheint. Dr. Gudrun Fleischwurst, eine etwas ältere, aber äußerst kompetente Gerichtsmedizinerin, sitzt mit einem Kaffee in der Hand und blättert durch Akten. Martin Großkugel, ein technikaffiner Ermittler mit halbseitiger Lähmung, sitzt am Tisch und bastelt an einem kleinen elektronischen Gerät herum. Neben ihm steht Nesrin Kleinkugel, eine kleinwüchsige Tatortermittlerin, die gerade einige Notizen macht.

„Guten Morgen zusammen", sagt Svetlana, als sie den Raum betritt.

„Morgen", antwortet Claudia knapp. „Setz dich, wir haben einiges zu besprechen."

Svetlana nimmt Platz und schaut neugierig in die Runde. Claudia ergreift das Wort. „Wir haben gestern eine Leiche im Lutherpark gefunden. Ein gewisser Manfred Unbequem, der offenbar ermordet wurde. Svetlana, erzähl uns, wie du hier gelandet bist."

Svetlana erzählt kurz von dem Überfall in der Apotheke und wie sie den Räuber mit ihrem Glibbergeschoss gestoppt hat. Die anderen hören aufmerksam zu, und man sieht, dass sie beeindruckt sind.

„Nicht schlecht", sagt Sandra und lehnt sich zurück. „Kreativ und effektiv. Genau sowas brauchen wir."

„Zur Sache", unterbricht Claudia. „Die Leiche wurde gefunden, und wir haben kaum Hinweise. Dr. Fleischwurst, was können Sie uns über die Todesursache sagen?"

Dr. Gudrun Fleischwurst schaut auf ihre Notizen. „Der Mann wurde eindeutig durch Zwangsfütterung getötet. Der Magen war vollgestopft mit Nahrung, und das hat zum Ersticken geführt. Eine besonders grausame Methode."

„Martin, Nesrin, was habt ihr am Tatort gefunden?", fragt Claudia weiter.

„Nicht viel", antwortet Martin und zuckt mit den Schultern. „Ein paar Fußabdrücke und Spuren, aber nichts Konkretes. Ich werde die Daten auf dem Commodore C64 analysieren, vielleicht finden wir da was."

Nesrin fügt hinzu: „Wir haben ein paar Fasern gefunden, die nicht zur Kleidung des Opfers passen. Die sollten wir untersuchen."

Claudia nickt. „Gut. Svetlana, du bist jetzt offiziell Teil des Teams. Wir brauchen deinen Erfindungsreichtum und deine frischen Ideen. Wir müssen alle Spuren verfolgen und diesen Fall schnell lösen."

Svetlana lächelt und fühlt sich zum ersten Mal seit langem wirklich gebraucht. „Ich bin dabei. Was ist der nächste Schritt?"

„Wir müssen die Hintergründe des Opfers untersuchen", erklärt Claudia. „Wer war Manfred Unbequem, und warum musste er sterben? Jeder von uns hat eine Aufgabe. Los geht's."

Das Team verteilt sich, jeder mit klaren Anweisungen, und Svetlana folgt Claudia in ein Büro, um weitere Details zu erfahren. Sie fühlt die Spannung und das Potenzial in der Luft. Dies ist ihre Chance, etwas Großes zu bewirken, und sie ist fest entschlossen, diese Herausforderung anzunehmen.

Kapitel 3: Die erste Spur (Claudia Donnerfuß)

Der Lutherpark liegt still und neblig da. Die Vögel zwitschern leise, und das Rascheln der Blätter im Wind schafft eine unheimliche Atmosphäre. Claudia Donnerfuß steigt aus dem Polizeiwagen, einem robusten Mercedes-Benz W123, und zieht sich die Handschuhe über. Ihr Blick wandert über den Fundort, wo die Leiche von Manfred Unbequem entdeckt wurde.

„Okay, Leute, lasst uns sehen, was wir hier haben", sagt sie zu Martin Großkugel und Nesrin Kleinkugel, die bereits ihre Ausrüstung aus dem Wagen holen. Svetlana Elendt ist ebenfalls vor Ort und unterhält sich mit Edna Siehtnix, der Frau, die die Leiche gefunden hat.

Claudia geht zu Martin und Nesrin, die gerade dabei sind, den Bereich mit gelbem Absperrband zu sichern. „Martin, Nesrin, wir brauchen jede Kleinigkeit, die uns weiterhelfen kann. Dokumentiert alles sorgfältig."

Martin nickt und beginnt, mit seiner Kamera Fotos von der Umgebung zu machen. Nesrin untersucht den Boden und sammelt sorgfältig Proben. Claudia beobachtet die beiden und stellt sicher, dass nichts übersehen wird.

Währenddessen führt Svetlana Edna ein paar Schritte vom Tatort weg, um mit ihr zu sprechen. „Frau Siehtnix, können Sie mir bitte genau erzählen, was Sie heute Morgen gesehen haben?"

Edna, eine ältere Dame mit grauem Haar und einer warmen, aber etwas schockierten Ausstrahlung, schaut Svetlana verwundert an. „Sie arbeiten wirklich für die Polizei? Sie sind ja so... klein."

Svetlana lächelt leicht. „Ja, ich arbeite wirklich für die Polizei. Können Sie mir bitte helfen und erzählen, was passiert ist?"

Edna nickt langsam. „Ich war auf meinem morgendlichen Spaziergang, wie jeden Tag. Plötzlich stolperte ich über etwas und sah dann... ihn. Ich habe sofort den Notruf gewählt."

„Haben Sie irgendetwas Ungewöhnliches bemerkt? Jemanden gesehen oder gehört?", fragt Svetlana weiter.

Edna schüttelt den Kopf. „Nein, es war still. Nur die Vögel und das Rascheln der Blätter."

Svetlana notiert alles in ihrem Notizbuch und bedankt sich bei Edna. „Vielen Dank, Frau Siehtnix. Wenn Ihnen noch etwas einfällt, melden Sie sich bitte bei uns."

Claudia beobachtet die Szene und geht zu Martin und Nesrin, die ihre Untersuchungen fortsetzen. „Habt ihr schon etwas gefunden?"

Martin zeigt auf einige Fußabdrücke, die zum Teil verwischt sind. „Hier sind einige Spuren, aber sie sind nicht sehr deutlich. Ich werde sie trotzdem fotografieren und analysieren."

Nesrin hält eine kleine Plastiktüte hoch, in der sich einige Fasern befinden. „Ich habe diese Fasern gefunden. Sie passen nicht zur Kleidung des Opfers. Vielleicht sind sie vom Täter."

„Gut, wir nehmen alles mit und lassen es im Labor untersuchen", sagt Claudia.

Zurück am Polizeiwagen treffen sich alle wieder. Claudia wirft einen letzten Blick auf den Fundort und dann auf ihr Team. „Wir haben hier eine Menge Arbeit vor uns. Lasst uns ins Präsidium zurückfahren und alles auswerten."

Sie steigen in den Mercedes-Benz W123 und machen sich auf den Weg zurück ins Polizeipräsidium. Claudia denkt über die gefundenen Hinweise nach und fragt sich, wie diese zu Manfred Unbequem und möglicherweise zur WittenPharma AG passen könnten. Sie weiß, dass dies nur der Anfang ist und sie noch viele Geheimnisse aufdecken müssen, um den Täter zu fassen.

Kapitel 4: WittenPharma AG (Dr. Ingrid Heiligenschein)

Es ist ein trüber Morgen, als Svetlana und Claudia im spinatgrünen Citroën CX vor dem imposanten Gebäude der WittenPharma AG ankommen. Die Fassade ist grau und abweisend, fast so, als wolle sie keine Besucher hereinlassen. Svetlana parkt den Wagen geschickt in eine enge Parklücke und beide steigen aus.

„Gut, lass uns reingehen und sehen, was wir herausfinden können", sagt Claudia und wirft einen letzten prüfenden Blick auf das Gebäude.

Im Foyer der WittenPharma AG herrscht geschäftiges Treiben. Männer und Frauen in weißen Laborkitteln eilen hin und her. Am Empfang werden sie von einer jungen Frau mit freundlichem Lächeln empfangen. „Guten Morgen, wie kann ich Ihnen helfen?"

„Guten Morgen. Wir sind von der Polizei und möchten mit Dr. Ingrid Heiligenschein sprechen", sagt Claudia und zeigt ihren Ausweis.

Die Empfangsdame wird blass und stottert: „Äh, ich... ich rufe sie sofort."

Nach ein paar Minuten taucht Dr. Ingrid Heiligenschein auf. Sie ist eine schlanke Frau in ihren späten Vierzigern mit strengem Gesichtsausdruck und kalten Augen. „Was kann ich für Sie tun?", fragt sie mit leicht zitternder Stimme.

„Guten Morgen, Dr. Heiligenschein. Wir würden gerne ein paar Fragen zu einem aktuellen Fall stellen", sagt Svetlana ruhig, während sie die Ärztin beobachtet.

„Natürlich, folgen Sie mir bitte", sagt Dr. Heiligenschein und führt die beiden durch sterile Flure zu ihrem Büro. Das Büro ist schlicht eingerichtet, mit einem großen Schreibtisch, einem Bücherregal und einem Fenster, das auf den Parkplatz hinausgeht.

„Setzen Sie sich bitte", sagt sie und deutet auf zwei Stühle vor ihrem Schreibtisch. Sie selbst nimmt hinter dem Schreibtisch Platz, legt die Hände auf die Tischplatte und schaut die beiden Polizistinnen abwartend an.

„Dr. Heiligenschein, wir untersuchen den Mord an Manfred Unbequem. Haben Sie ihn gekannt?", fragt Claudia direkt.

Heiligenschein blinzelt nervös und antwortet: „Ja, ich habe von seinem Tod gehört. Es ist schrecklich. Aber ich kannte ihn nur flüchtig, von einigen Veranstaltungen in der Stadt."

„Können Sie uns etwas über Ihre Arbeit hier bei WittenPharma erzählen?", fragt Svetlana und mustert die Ärztin aufmerksam.

„Wir forschen hier an verschiedenen medizinischen Projekten. Derzeit arbeiten wir an einem neuen Medikament zur Behandlung von seltenen Krankheiten", antwortet Heiligenschein und versucht, ruhig zu wirken. Doch ihre Hände zittern leicht, und sie vermeidet den direkten Blickkontakt.

„Gibt es hier im Labor irgendetwas, das für unsere Ermittlungen von Interesse sein könnte?", hakt Claudia nach.

„Nein, natürlich nicht", sagt Heiligenschein hastig. „Unsere Forschung ist vollkommen legal und ethisch einwandfrei."

Svetlana beobachtet jede Bewegung der Ärztin genau. „Könnten wir einen Blick in Ihr Labor werfen?"

Heiligenschein zuckt zusammen, fängt sich aber schnell wieder. „Das ist leider nicht möglich. Unsere Labore sind vertraulich und nur für autorisiertes Personal zugänglich."

Claudia und Svetlana tauschen einen kurzen Blick aus. „Wir werden dennoch einen Blick darauf werfen müssen, Dr. Heiligenschein. Es geht um eine Mordermittlung", sagt Claudia bestimmt.

Heiligenschein seufzt tief und steht auf. „Gut, aber nur ein kurzer Blick. Folgen Sie mir."

Sie führt die beiden durch weitere sterile Flure zu einem großen Laborraum. Drinnen stehen verschiedene Laborgeräte, die typisch für die 1980er Jahre sind: Zentrifugen, Mikroskope und einfache Computer. Die Atmosphäre ist angespannt, und Svetlana hat das Gefühl, dass Heiligenschein etwas zu verbergen versucht.

„Wie Sie sehen, nichts Ungewöhnliches", sagt Heiligenschein und lächelt gezwungen.

„Vielen Dank, Dr. Heiligenschein. Wir werden uns jetzt wieder auf den Weg machen", sagt Claudia und gibt Svetlana ein Zeichen, dass sie gehen.

Auf dem Weg zurück zum Auto tauschen sie ihre Eindrücke aus. „Die war ziemlich nervös, findest du nicht?", fragt Svetlana.

„Definitiv. Da stimmt was nicht", antwortet Claudia und startet den Citroën CX. „Lass uns ins Präsidium zurückfahren und einen Bericht schreiben."

Während sie durch die Straßen von Witten fahren, überlegen sie, was sie als Nächstes tun können, um der Wahrheit näher zu kommen.

Kapitel 5: Eine dunkle Entdeckung (Dr. Lothar Grauenwurst)

Es ist ein grauer, regnerischer Tag, als Claudia und Sandra vor der Orthopädischen Klinik in Witten ankommen. Der Mercedes-Benz W123 rollt sanft auf den Parkplatz. Sie steigen aus und ziehen ihre Mäntel enger um sich, um sich vor dem Nieselregen zu schützen.

„Na, dann wollen wir mal sehen, was der gute Dr. Grauenwurst so treibt", murmelt Claudia und wirft einen kurzen Blick auf das imposante Klinikgebäude.

Im Foyer der Klinik herrscht eine sterile, kühle Atmosphäre. Patienten und medizinisches Personal bewegen sich leise durch die Flure. Am Empfang werden sie von einer strengen Frau mit kurzen grauen Haaren empfangen.

„Guten Tag, wir sind von der Polizei und möchten Dr. Grauenwurst sprechen", sagt Sandra freundlich und zeigt ihren Ausweis.

Die Empfangsdame nickt kurz und hebt den Hörer eines alten schwarzen Telefons ab. „Dr. Grauenwurst, die Polizei möchte Sie sprechen", sagt sie in den Hörer und legt dann auf. „Er erwartet Sie in seinem Büro im dritten Stock. Der Fahrstuhl ist dort drüben."

Claudia und Sandra betreten den Fahrstuhl und fahren in den dritten Stock. Der Fahrstuhl ruckelt leicht und gibt ein metallisches Geräusch von sich, als er anhält. Sie treten auf den Flur hinaus und finden schnell das Büro von Dr. Lothar Grauenwurst.

Dr. Grauenwurst steht bereits in der Tür. Er ist ein großer, hagerer Mann mit stechenden Augen und einem unangenehmen Lächeln. „Guten Tag, die Damen. Was führt Sie zu mir?", fragt er höflich, aber mit einer deutlichen Nervosität in der Stimme.

„Guten Tag, Dr. Grauenwurst. Wir möchten Ihnen ein paar Fragen zu einem aktuellen Fall stellen", beginnt Claudia, während sie den Arzt aufmerksam beobachtet.

„Natürlich, kommen Sie rein", sagt Grauenwurst und lässt sie in sein Büro treten. Der Raum ist klinisch sauber und karg eingerichtet. Auf dem Schreibtisch liegen einige Akten und ein altes, schweres Telefon.

„Worum geht es genau?", fragt Grauenwurst und setzt sich hinter seinen Schreibtisch.

„Es geht um den Mord an Manfred Unbequem. Haben Sie ihn gekannt?", fragt Sandra direkt.

„Ja, ich habe von seinem Tod gehört. Schrecklich, wirklich schrecklich. Aber ich kannte ihn nur flüchtig aus der Stadt", antwortet Grauenwurst und versucht, ruhig zu wirken. Doch seine Hände zittern leicht.

„Können Sie uns etwas über Ihre Arbeit hier in der Klinik erzählen?", fragt Claudia und mustert ihn aufmerksam.

„Wir behandeln hier orthopädische Patienten, viele mit schweren Erkrankungen. Unsere Arbeit ist streng wissenschaftlich und ethisch", sagt Grauenwurst betont ruhig.

„Könnten wir einen Blick in Ihr Labor werfen?", fragt Sandra plötzlich.

Grauenwurst zuckt zusammen, fängt sich aber schnell wieder. „Das ist leider nicht möglich. Unsere Labore sind vertraulich."

„Es geht um eine Mordermittlung, Dr. Grauenwurst. Wir müssen alles überprüfen", sagt Claudia bestimmt.

Grauenwurst seufzt tief und steht auf. „Gut, aber nur ein kurzer Blick. Folgen Sie mir."

Er führt sie durch sterile Flure zu einem großen Laborraum. Drinnen stehen verschiedene Laborgeräte: Zentrifugen, Mikroskope und einfache Computer. Die Atmosphäre ist angespannt, und Claudia hat das Gefühl, dass Grauenwurst etwas zu verbergen versucht.

„Wie Sie sehen, nichts Ungewöhnliches", sagt Grauenwurst und lächelt gezwungen.

Sandra geht zu einem Regal und zieht eine Akte heraus. Sie blättert durch die Seiten und stößt auf etwas Interessantes. „Was ist das hier?", fragt sie und zeigt auf eine Seite mit detaillierten Aufzeichnungen von Blutgruppenanalysen.

Grauenwurst wird blass. „Das sind nur routinemäßige Untersuchungen", sagt er hastig.

Claudia und Sandra tauschen einen kurzen Blick aus. „Wir werden das untersuchen lassen, Dr. Grauenwurst. Vielen Dank für Ihre Zeit", sagt Claudia und gibt Sandra ein Zeichen, dass sie gehen.

Auf dem Weg zurück zum Auto tauschen sie ihre Eindrücke aus. „Der war ziemlich nervös, findest du nicht?", fragt Claudia.

„Definitiv. Da stimmt was nicht", antwortet Sandra und startet den Mercedes. „Lass uns ins Präsidium zurückfahren und einen Bericht schreiben."

Während sie durch die Straßen von Witten fahren, überlegen sie, was sie als Nächstes tun können, um der Wahrheit näher zu kommen.

Kapitel 6: Das Internat (Martin Großkugel)

Es ist ein bewölkter Nachmittag, als Martin Großkugel und Nesrin Kleinkugel mit ihrem weinroten Citroën CX auf den Parkplatz des Korpus-Gesamtikus-Sonderschulinternats fahren. Der Wagen kommt zum Stehen und Martin schaltet den Motor aus. „Das ist also der Ort", murmelt er und blickt skeptisch auf das große, alte Gebäude vor ihnen.

„Sieht ziemlich trist aus, oder?", sagt Nesrin, während sie aussteigt und ihren Mantel enger zieht. Der Wind weht kühl und die Wolken hängen tief am Himmel.

Zusammen betreten sie das Internat. Der Empfangsbereich ist spärlich eingerichtet, mit abgenutzten Sesseln und einem Empfangstresen, der bessere Zeiten gesehen hat. Eine junge Frau mit freundlichem Gesicht begrüßt sie. „Guten Tag, wie kann ich Ihnen helfen?", fragt sie höflich.

„Guten Tag, wir sind von der Polizei und möchten mit dem Schulleiter sprechen", sagt Martin und zeigt seinen Ausweis. „Wir haben ein paar Fragen."

Die junge Frau nickt und greift zum Telefon. „Herr Grünklotz, die Polizei ist hier und möchte Sie sprechen", sagt sie in den Hörer und legt dann auf. „Herr Grünklotz erwartet Sie in seinem Büro. Der Weg ist gleich hier entlang."

Martin und Nesrin folgen den Flur entlang bis zu einer schweren Holztür mit dem Schild „Schulleiter". Martin klopft an und öffnet die Tür. Friedhelm Grünklotz, ein älterer Mann mit grauem Haar und Brille, steht auf und begrüßt sie. „Guten Tag, kommen Sie rein. Setzen Sie sich doch."

„Guten Tag, Herr Grünklotz. Wir sind hier, um ein paar Fragen über die Kinder im Internat zu stellen", beginnt Martin, während er sich setzt. Nesrin nimmt ihren Notizblock heraus und beginnt, Notizen zu machen.

„Natürlich, was möchten Sie wissen?", fragt Grünklotz und setzt sich wieder.

„Uns interessiert besonders die Betreuung und der Tagesablauf der Kinder. Gibt es irgendwelche Auffälligkeiten, die Ihnen in letzter Zeit aufgefallen sind?", fragt Martin.

Grünklotz überlegt kurz und schüttelt dann den Kopf. „Eigentlich nicht. Die Kinder haben ihre Routinen und unsere Betreuer sind sehr aufmerksam."

„Wir möchten auch mit den Betreuern sprechen", fügt Nesrin hinzu. „Vielleicht haben sie etwas bemerkt."

„Natürlich, ich werde sie sofort rufen", sagt Grünklotz und greift zum Telefon.

Wenig später betreten Caritasschwester Maria Wenigschlimm und Caritasschwester Ellie Schlimmding das Büro. „Guten Tag, wie können wir Ihnen helfen?", fragt Maria freundlich.

„Wir haben ein paar Fragen zu den Kindern und möchten wissen, ob Ihnen etwas Ungewöhnliches aufgefallen ist", erklärt Martin.

„Nichts Außergewöhnliches", sagt Ellie nachdenklich. „Die Kinder sind wie immer. Einige haben besondere Bedürfnisse, aber das ist nichts Neues."

„Wir möchten das Internat gerne etwas genauer anschauen und mit ein paar der Kinder sprechen", sagt Nesrin und lächelt die Schwestern an.

„Natürlich, folgen Sie uns", sagt Maria und führt sie durch die Flure des Internats. Sie zeigen ihnen die Klassenzimmer, den Speisesaal und die Schlafsäle. Während der Führung machen Martin und Nesrin Fotos und nehmen Notizen auf.

„Das ist also der Schlafsaal der Jungen", sagt Ellie und öffnet die Tür zu einem großen Raum mit mehreren Betten. „Hier schlafen sie."

„Und gibt es irgendwelche besonderen Regeln oder Vorkehrungen?", fragt Martin, während er sich umsieht.

„Wir achten darauf, dass die Kinder gut betreut sind und sich sicher fühlen", erklärt Maria. „Es gibt immer einen Betreuer, der Nachtdienst hat."

Martin nickt und macht sich weiter Notizen. „Vielen Dank, das war sehr hilfreich. Wenn Ihnen noch etwas einfällt, melden Sie sich bitte bei uns", sagt er zum Abschied.

„Natürlich, wir sind immer hier, falls Sie noch Fragen haben", sagt Maria und lächelt.

Als Martin und Nesrin das Internat verlassen, tauschen sie ihre Eindrücke aus. „Da stimmt was nicht", sagt Martin nachdenklich. „Wir müssen weiter graben."

„Ja, definitiv. Aber wenigstens haben wir jetzt einen besseren Überblick", antwortet Nesrin, während sie den weinroten Citroën CX startet. „Lass uns zurück ins Präsidium fahren und unseren Bericht schreiben."

Der Wagen rollt leise vom Parkplatz und verschwindet in den Straßen von Witten. Die Ermittlungen sind in vollem Gange und Martin spürt, dass sie auf der richtigen Spur sind.

Kapitel 7: Verbindungen entdecken (Svetlana Elendt)

Es ist ein trüber Vormittag, als Svetlana mit ihrem spinatgrünen Citroën CX vor dem städtischen Archiv in Witten hält. Sie steigt aus dem Auto, schließt die Tür und wirft einen kurzen Blick auf das alte Gebäude vor ihr. „Auf geht's", murmelt sie und macht sich auf den Weg hinein.

Das Archiv ist ein ruhiger Ort, gefüllt mit langen Regalreihen, die voller Akten und Dokumente sind. Svetlana tritt an den Empfangstresen, wo eine ältere Dame mit Brille sitzt. „Guten Tag, ich bin Svetlana Elendt. Ich brauche Zugang zu den Archiven über die WittenPharma AG und die Orthopädische Klinik."

„Guten Tag, Frau Elendt. Natürlich, ich zeige Ihnen, wo Sie suchen können", sagt die Dame freundlich und führt Svetlana zu einem Tisch, auf dem bereits einige Aktenstapel liegen. „Hier finden Sie die wichtigsten Dokumente. Wenn Sie weitere Hilfe brauchen, lassen Sie es mich wissen."

Svetlana nickt dankbar und setzt sich. Sie öffnet die erste Akte und beginnt zu blättern. „So, mal sehen, was wir hier haben", murmelt sie vor sich hin. Die Akten sind alt und riechen nach Papier und Staub. Sie arbeitet sich durch die Seiten, macht Notizen und kopiert wichtige Dokumente mit dem alten Fotokopierer in der Ecke des Raumes.

Plötzlich stutzt sie. Ein Dokument fällt ihr ins Auge: eine Liste von Sponsoren und Partnern der WittenPharma AG. „Moment mal, das ist interessant", sagt sie leise und zieht ein weiteres Blatt hervor. Es ist ein Verzeichnis der Ärzte, die in der Orthopädischen Klinik arbeiten. Und da ist es: Dr. Lothar Grauenwursts Name taucht mehrfach in den Unterlagen der WittenPharma AG auf.

„Ich wusste es", murmelt sie und macht sich hastig Notizen. Es gibt Verbindungen zwischen der WittenPharma AG und der Orthopädischen Klinik. Dr. Grauenwurst scheint eine zentrale Rolle in beiden Institutionen zu spielen.

Svetlana liest weiter und findet Hinweise auf gemeinsame Forschungsprojekte und finanzielle Transaktionen. „Da steckt mehr dahinter, als wir dachten", sagt sie und spürt, wie sich ihre Aufregung steigert. Sie kopiert die wichtigsten Dokumente und verstaut sie sicher in ihrer Tasche.

Als sie das Archiv verlässt, wirft sie einen letzten Blick auf die alten Regale. „Danke, dass ihr eure Geheimnisse preisgegeben habt", murmelt sie und geht hinaus zu ihrem Auto. Sie startet den Motor und fährt zurück zum Polizeipräsidium.

Auf dem Weg denkt sie über die nächsten Schritte nach. „Wir müssen diese Verbindungen überprüfen und herausfinden, wie tief das geht", sagt sie zu sich selbst. Ihre Gedanken rasen, während sie durch die Straßen von Witten fährt. Sie ist entschlossen, die Wahrheit ans Licht zu bringen, egal, wie tief sie graben muss.

Im Präsidium angekommen, trifft sie auf Claudia und Sandra. „Ich habe etwas Großes gefunden", sagt sie, als sie die Dokumente auf den Tisch legt. „Es gibt Verbindungen zwischen der WittenPharma AG und der Orthopädischen Klinik. Dr. Grauenwurst steckt tief drin."

Claudia schaut sich die Dokumente an und nickt. „Das bestätigt unsere Vermutungen. Wir müssen weiter graben und herausfinden, was genau da vor sich geht."

„Definitiv", stimmt Sandra zu. „Das ist ein großer Durchbruch."

Svetlana fühlt sich erleichtert. Sie sind auf der richtigen Spur. Die Ermittlungen nehmen Fahrt auf, und sie wissen, dass sie nicht aufgeben dürfen, bis sie die ganze Wahrheit ans Licht gebracht haben.

Kapitel 8: Eine zweite Leiche (Sandra Trifftsicher)

Es ist ein grauer, regnerischer Nachmittag in Witten. Die Straßen sind leer, und das Wetter trägt zur düsteren Stimmung bei. Claudia und Sandra sitzen im Mercedes-Benz W123, als sie einen Anruf vom Polizeipräsidium erhalten. „Wir haben einen Hinweis auf eine verdächtige Lagerhalle am Stadtrand", sagt die Stimme am anderen Ende der Leitung.

„Verstanden, wir sind unterwegs", antwortet Claudia und wirft einen kurzen Blick zu Sandra. „Hast du das gehört?"

„Ja, los geht's", sagt Sandra entschlossen. Claudia startet den Motor, und sie machen sich auf den Weg zur verlassenen Lagerhalle. Der Regen prasselt auf das Dach des Wagens, und die Scheibenwischer arbeiten auf Hochtouren.

Als sie an der Lagerhalle ankommen, fällt sofort die bedrückende Atmosphäre auf. Die Halle steht verlassen da, umgeben von hohen, rostigen Zäunen und überwuchertem Unkraut. Claudia und Sandra steigen aus dem Wagen und ziehen ihre Regenmäntel enger um sich.

„Hier ist es", sagt Claudia und deutet auf die schwere Metalltür der Halle. Sie treten vorsichtig ein und schalten ihre Taschenlampen ein, um sich durch die Dunkelheit zu kämpfen. Der Boden ist feucht und rutschig, und der Geruch von Verfall liegt in der Luft.

„Da drüben", ruft Sandra und leuchtet mit ihrer Taschenlampe auf eine Ecke der Halle. Claudia folgt ihr, und dann sehen sie es: die Leiche von Wolfgang Rewaldi, liegend in einer unnatürlichen Position. Sandra schluckt hart. „Das ist nicht gut."

Sie treten näher und beginnen, den Tatort zu untersuchen. Claudia zückt ihre Kamera und macht Fotos von der Szene, während Sandra sich die Umgebung genau ansieht. „Wir müssen sicherstellen, dass wir keine Hinweise übersehen", sagt Claudia und klickt weiter.

Sandra kniet sich hin und untersucht die Leiche genauer. „Da ist Blut, aber nicht viel. Er wurde hierher gebracht", sagt sie. „Wir müssen eine Blutgruppenanalyse machen, um sicherzugehen."

Claudia nickt. „Ich hole die Ausrüstung aus dem Wagen." Sie eilt zurück zum Mercedes und kommt mit den notwendigen Utensilien zurück. Gemeinsam entnehmen sie Proben und dokumentieren alles sorgfältig.

„Das passt zu dem Muster", murmelt Sandra. „Zwangsfütterung, genau wie beim ersten Opfer. Aber warum hier? Was hat Wolfgang Rewaldi mit dem Ganzen zu tun?"

„Das müssen wir herausfinden", antwortet Claudia ernst. „Aber es ist klar, dass wir es mit einem Serienmörder zu tun haben."

Sandra richtet sich auf und schaut sich um. „Wir sollten die Umgebung nach weiteren Hinweisen durchsuchen. Vielleicht gibt es hier noch etwas, das uns weiterhilft."

„Gute Idee", stimmt Claudia zu. Sie durchforsten die Halle und finden schließlich einen alten, zerbrochenen Spiegel und einige leere Kanister. „Nichts, was uns direkt weiterhilft, aber wir sollten alles dokumentieren", sagt Claudia.

„Ich melde den Fund über Funk", sagt Sandra und greift zum Funkgerät. „Zentrale, hier ist Trifftsicher. Wir haben eine Leiche gefunden, die Identität bestätigt: Wolfgang Rewaldi. Wir benötigen Verstärkung und forensische Unterstützung."

„Verstanden, Trifftsicher. Verstärkung ist unterwegs", kommt die Antwort aus dem Funkgerät.

Kurz darauf trifft ein weiterer Streifenwagen ein, und Kollegen unterstützen sie bei der Sicherung des Tatorts. „Wir haben hier noch viel zu tun", sagt Claudia zu Sandra, während sie die Beweise zusammenpacken.

„Ja, das wird eine lange Nacht", antwortet Sandra und seufzt. „Aber wir kriegen das hin."

Es dauert nicht lange, bis Svetlana Elendt mit ihrem spinatgrünen Citroën CX am Leichenfundort eintrifft. Die Scheinwerfer des Wagens durchdringen die Dunkelheit der verlassenen Lagerhalle, als sie vorsichtig aus dem Auto steigt. Sie zieht ihre speziell angepasste Jacke zurecht und schnappt sich ihren Werkzeugkoffer.

„Svetlana! Hier drüben!", ruft Claudia und winkt ihr zu.

Svetlana nickt und eilt zu ihr, während sie sich durch die schmutzige, feuchte Halle bewegt. Hinter ihr folgt Dr. Gudrun Fleischwurst, die in ihrem typischen weißen Kittel die Szene mit scharfen Augen mustert. Martin Großkugel und Nesrin Kleinkugel sind ebenfalls mit von der

Partie, beide ausgerüstet mit den notwendigen Werkzeugen für die Spurensicherung.

„Was haben wir hier?", fragt Svetlana, als sie bei Claudia und Sandra ankommt. Ihr Blick fällt sofort auf die Leiche von Wolfgang Rewaldi. Sie kniet sich neben die Leiche und beginnt, die Szene zu untersuchen.

„Es sieht so aus, als wäre er hierher gebracht worden. Nicht viel Blut vor Ort", erklärt Sandra, während sie weiter den Raum absucht.

Dr. Gudrun Fleischwurst tritt neben Svetlana und überprüft die Leiche. „Die Todesursache scheint ähnlich wie beim ersten Opfer zu sein. Zwangsfütterung. Wir müssen eine gründliche Untersuchung durchführen."

Martin Großkugel und Nesrin Kleinkugel beginnen sofort mit der Spurensicherung. Martin stellt seine Kamera auf und beginnt, detaillierte Fotos von der Leiche und der Umgebung zu machen. „Wir müssen sicherstellen, dass wir alles dokumentieren. Jede Kleinigkeit könnte wichtig sein", sagt er konzentriert.

Nesrin kniet sich neben einen der leeren Kanister und untersucht ihn genauer. „Hier könnte ein Hinweis darauf sein, was verwendet wurde. Wir sollten Proben nehmen und im Labor analysieren", bemerkt sie.

„Gute Idee", stimmt Svetlana zu. „Wir brauchen eine umfassende Analyse aller chemischen Rückstände. Gudrun, kannst du das übernehmen?"

„Natürlich", antwortet Dr. Fleischwurst und beginnt, die notwendigen Proben zu entnehmen. Sie arbeitet präzise und effizient, während Martin weiterhin Fotos macht und Nesrin die Umgebung nach weiteren Hinweisen durchsucht.

„Ich habe hier etwas Interessantes", ruft Nesrin plötzlich. „Es sieht aus wie ein abgebrochener Spiegel. Könnte das irgendetwas bedeuten?"

Svetlana tritt näher und betrachtet den zerbrochenen Spiegel. „Vielleicht. Dokumentiere es und nimm eine Probe. Es könnte ein Hinweis sein."

Während die Ermittler weiter arbeiten, bleibt Svetlana immer wieder stehen und beobachtet die Szene. Ihre Augen scannen den Raum auf der Suche nach etwas, das sie übersehen haben könnten. „Wir müssen sicherstellen, dass wir nichts übersehen", murmelt sie vor sich hin.

„Keine Sorge, Svetlana", sagt Martin beruhigend. „Wir haben alles im Blick. Ich werde die Fotos sofort entwickeln, damit wir sie analysieren können."

Dr. Fleischwurst beendet ihre Untersuchung und richtet sich auf. „Ich habe alle Proben, die wir brauchen. Ich werde sie ins Labor bringen und so schnell wie möglich analysieren."

„Gut", nickt Svetlana. „Wir müssen jede Information nutzen, die wir bekommen können. Dieser Fall wird immer komplexer."

Als sie zurück zum Citroën CX geht, wirft sie einen letzten Blick auf die Lagerhalle. „Wir müssen herausfinden, warum Wolfgang Rewaldi hierher gebracht wurde. Was ist der Zusammenhang?"

„Das werden wir", sagt Claudia entschlossen. „Aber zuerst müssen wir alle Informationen sammeln und analysieren. Dann können wir die nächsten Schritte planen."

Svetlana steigt in ihren Wagen, startet den Motor und fährt zurück zum Präsidium, während ihre Gedanken weiter um die Rätsel kreisen, die sie lösen müssen. Der Fall ist noch lange nicht abgeschlossen, und die Zeit drängt.

Kapitel 9: Der Schweinemaskenräuber (Marco Huckevoll)

Der Tag neigt sich dem Ende zu, und es wird langsam dunkel in Witten. Im Versteck der Schweinemaskenräuber herrscht angespannte Stille. Marco Huckevoll und Thomas Angsthase sitzen an einem alten, abgenutzten Tisch, auf dem eine grobe Skizze der Stadt liegt. Die Wände des Verstecks sind feucht und mit Graffiti bedeckt, die Luft ist stickig.

„Wir müssen vorsichtig sein", murmelt Marco, während er die Skizze mit seinem Finger nachfährt. „Die Bullen sind uns dicht auf den Fersen. Diese Svetlana und ihr Team sind keine Anfänger."

Thomas nickt nervös. „Ja, die sind echt gut. Was machen wir jetzt?"

„Erstmal ruhig bleiben", sagt Marco und greift nach einem der alten Funkgeräte, die auf dem Tisch liegen. „Wir beobachten sie und finden heraus, was sie wissen."

Thomas nimmt ebenfalls ein Funkgerät und überprüft die Batterien. „Und dann?"

„Dann planen wir den nächsten Schritt", antwortet Marco und grinst hinter seiner Schweinemaske. „Wir dürfen keinen Fehler machen."

Draußen vor dem Versteck steht ein alter Opel Kadett, der als Fluchtwagen dient. Der Wagen ist in schlechtem Zustand, aber immer noch zuverlässig genug, um im Notfall schnell zu verschwinden. Marco wirft einen Blick auf den Wagen durch das kleine Fenster des Verstecks.

„Der Kadett steht bereit. Falls etwas schiefgeht, sind wir in Sekunden weg", sagt er zu Thomas.

„Hoffen wir, dass wir das nicht brauchen", murmelt Thomas und schaudert bei dem Gedanken an eine Flucht.

Marco schaltet das Funkgerät ein und stellt die Frequenz ein. „Wir müssen herausfinden, wo Svetlana und ihr Team gerade sind. Halte dein Gerät bereit, Thomas."

Thomas nickt und aktiviert ebenfalls sein Funkgerät. „Verstanden. Ich bin bereit."

Marco nimmt das Funkgerät ans Ohr und lauscht. Nach einigen Minuten hört er die vertraute Stimme von Svetlana, die mit ihrem Team spricht. „Wir haben einen weiteren Hinweis, den wir überprüfen müssen. Bleibt wachsam."

„Sie sind unterwegs", sagt Marco und schaltet das Gerät leise. „Wir müssen ihnen folgen, ohne gesehen zu werden."

Thomas nickt und greift nach seiner Jacke. „Los geht's."

Die beiden Männer verlassen das Versteck und steigen in den Opel Kadett. Marco setzt sich ans Steuer, während Thomas nervös neben ihm Platz nimmt. Der Motor springt mit einem Knattern an, und sie fahren los, um Svetlana und ihr Team zu verfolgen.

„Denk dran, wir müssen unauffällig bleiben", sagt Marco und hält den Blick konzentriert auf die Straße. „Kein Risiko eingehen."

„Verstanden", murmelt Thomas und blickt nervös aus dem Fenster.

Sie folgen Svetlanas Team durch die dunklen Straßen von Witten. Immer wieder schalten sie ihre Funkgeräte ein, um die Gespräche des Teams mitzuhören. Jeder Hinweis, jedes Wort könnte entscheidend sein.

„Wir sind nah dran", flüstert Marco und verlangsamt das Tempo. „Bleib ruhig und tu so, als wären wir nur normale Leute, die durch die Stadt fahren."

„Ja, okay", sagt Thomas und versucht, sich zu entspannen.

Als sie an einer Ampel halten, sieht Marco Svetlanas spinatgrünen Citroën CX vor ihnen. „Da sind sie", sagt er leise. „Jetzt müssen wir nur noch herausfinden, was sie wissen."

„Hoffen wir, dass sie uns nicht bemerken", murmelt Thomas.

Marco nickt und verfolgt den Citroën weiter durch die Stadt. Die Spannung steigt, und die Dunkelheit der Nacht hüllt alles in ein geheimnisvolles, bedrohliches Schweigen.

Kapitel 10: Die Konfrontation (Svetlana Elendt)

Es ist früher Nachmittag, und der Himmel über Witten ist grau und trübe. Svetlana Elendt parkt ihren spinatgrünen Citroën CX vor der Orthopädischen Klinik und steigt aus. Sie zieht ihre Jacke fester um sich und wirft einen entschlossenen Blick auf das Gebäude. Heute wird sie Dr. Lothar Grauenwurst konfrontieren.

Im Eingangsbereich der Klinik herrscht geschäftiges Treiben. Patienten und Mitarbeiter gehen ihren Wegen nach, und der Geruch von Desinfektionsmittel liegt in der Luft. Svetlana bahnt sich ihren Weg durch das Gewusel und steuert auf den Empfang zu.

„Guten Tag, ich habe einen Termin bei Dr. Grauenwurst", sagt sie und zeigt ihren Polizeiausweis. Die Empfangsdame wirft einen skeptischen Blick auf Svetlanas geringe Körpergröße, nickt aber schließlich und deutet den Weg.

„Dritter Stock, Zimmer 305", sagt sie. Svetlana bedankt sich und geht zum Fahrstuhl. Als die Türen sich schließen, atmet sie tief durch. Sie weiß, dass das hier keine leichte Aufgabe wird.

Im dritten Stock angekommen, findet sie das Büro von Dr. Grauenwurst. Sie klopft energisch an die Tür und wartet. Nach einem Moment öffnet sich die Tür, und Dr. Grauenwurst steht vor ihr, sein Gesicht ausdruckslos.

„Ah, Frau Elendt", sagt er mit einer leichten Neigung des Kopfes. „Kommen Sie herein."

Svetlana betritt das Büro und sieht sich um. Der Raum ist schlicht eingerichtet, mit einem großen Schreibtisch in der Mitte und Regalen voller medizinischer Bücher an den Wänden. Sie setzt sich auf einen der Stühle vor dem Schreibtisch, während Dr. Grauenwurst hinter seinen Schreibtisch tritt und sich setzt.

„Wie kann ich Ihnen helfen?", fragt er kühl und faltet die Hände vor sich.

Svetlana lehnt sich vor und holt ein kleines Aufnahmegerät aus ihrer Tasche. „Dr. Grauenwurst, ich habe einige Fragen zu Ihren Forschungen und deren Verbindung zu den jüngsten Mordfällen in Witten", sagt sie und drückt auf den Aufnahme-Knopf.

Dr. Grauenwurst verzieht keine Miene, aber seine Augen verengen sich leicht. „Meine Forschungen sind streng vertraulich und absolut legal", antwortet er mit fester Stimme. „Ich verstehe nicht, was das mit den Morden zu tun haben soll."

„Wir haben Beweise gefunden, die darauf hindeuten, dass einige Ihrer Experimente unethisch sind und direkt mit den Opfern in Verbindung stehen könnten", sagt Svetlana und hält ihm einige Fotos hin. „Können Sie das erklären?"

Dr. Grauenwurst wirft einen kurzen Blick auf die Fotos und lehnt sich dann zurück. „Das sind ernsthafte Anschuldigungen, Frau Elendt. Haben Sie auch Beweise, die diese Behauptungen stützen?"

Svetlana hält seinem Blick stand. „Wir haben Zeugenaussagen und forensische Beweise, die auf illegale Aktivitäten in Ihrer Klinik hinweisen. Es wäre besser für Sie, wenn Sie kooperieren."

Grauenwurst bleibt still, seine Miene ausdruckslos. „Ich habe nichts Illegales getan. Alle meine Forschungen sind genehmigt und werden ordnungsgemäß dokumentiert. Wenn Sie mich weiter belästigen, werde ich rechtliche Schritte einleiten."

„Das können Sie gerne tun", sagt Svetlana ruhig. „Aber ich werde nicht aufgeben, bis ich die Wahrheit herausgefunden habe. Zu viele Menschenleben stehen auf dem Spiel."

Für einen Moment herrscht angespannte Stille im Raum. Svetlana kann das Ticken der Wanduhr hören, während sie und Dr. Grauenwurst sich in die Augen sehen. Dann steht sie auf.

„Ich werde Sie nicht länger belästigen, Dr. Grauenwurst", sagt sie und steckt das Aufnahmegerät zurück in ihre Tasche. „Aber das hier ist noch nicht vorbei."

„Ich freue mich darauf, das vor Gericht zu klären", sagt Grauenwurst mit einem eisigen Lächeln.

Svetlana verlässt das Büro und geht schnellen Schrittes zurück zu ihrem Citroën CX. Ihr Herz schlägt schneller, aber sie weiß, dass sie auf dem richtigen Weg ist. Der Kampf um die Wahrheit hat gerade erst begonnen.

Kapitel 11: Die Entführung (Rudolf Unbequem)

Es ist eine dunkle und stürmische Nacht am Korpus-Gesamtikus-Sonderschulinternat. Die wenigen vorhandenen Lampen werfen gespenstische Schatten auf die alten Gebäude. Drinnen herrscht Ruhe, die meisten Kinder schlafen tief und fest in ihren Betten. Barbara Unbequem liegt in ihrem Bett im Mädchenschlafsaal, ihr Rollstuhl steht neben dem Bett.

Plötzlich öffnet sich die Tür leise und eine dunkle Gestalt schleicht sich hinein. Die Gestalt bewegt sich mit gezielten Schritten auf Barbara zu. In einem blitzschnellen Griff packt sie das Mädchen und bedeckt ihren Mund, damit sie nicht schreien kann. Barbara zappelt kurz, doch dann wird sie ruhig, als sie die Kälte der Panik spürt. Die Gestalt hebt sie aus dem Bett und trägt sie hinaus. Der Rollstuhl bleibt leer neben dem Bett zurück.

Etwa zehn Minuten später öffnet sich die Tür zum Jungenschlafsaal. Auch hier schleicht eine Gestalt hinein, bewegt sich leise und entschlossen. Dieter Rewaldi liegt schlafend in seinem Bett. Die Gestalt geht auf ihn zu, packt ihn genauso wie Barbara und trägt ihn hinaus. Dieters Rollstuhl bleibt im Schlafsaal zurück, leer und stumm.

Währenddessen zuhause, bei den Familien von Rudolf und Helga, zieht sich eine ähnliche Szene ab. Rudolf Unbequem liegt in seinem Bett, tief schlafend. Die Tür zu seinem Zimmer öffnet sich leise, und eine dunkle Gestalt schleicht herein. Sie nähert sich Rudolf und packt ihn, noch bevor er aufwachen kann. Schnell und lautlos wird er aus dem Haus getragen. Helga Rewaldi trifft das gleiche Schicksal. Auch sie wird aus ihrem Zimmer entführt, ohne dass jemand etwas bemerkt.

Die Entführer benutzen einfache Überwachungsgeräte, um sicherzustellen, dass sie nicht entdeckt werden. Sie fotografieren die schlafenden Kinder vorher, um sicherzugehen, dass sie die richtigen Opfer haben. Die Fotos dienen ihnen später als Beweis ihrer Taten.

Draußen vor dem Internat und den Wohnhäusern wartet ein alter, unauffälliger Ford Escort. Der Motor läuft leise, die Scheinwerfer sind ausgeschaltet, um kein Aufsehen zu erregen. Die Entführer laden die Kinder schnell und routiniert in das Fahrzeug. Kaum sind die Türen zu, setzt sich der Wagen in Bewegung und verschwindet in der Nacht.

Zurück bleiben leere Betten, verlassene Rollstühle und die bedrückende Stille, die von der unheilvollen Tat zeugt. Die Nacht verschluckt die Schreie der Kinder, die nie laut werden konnten, und die Dunkelheit bewahrt die Geheimnisse der Entführer, die in der Finsternis verschwinden.

Kapitel 12: Eine dritte Leiche (Svetlana Elendt)

Es ist früh am Morgen, als Svetlana Elendt und ihr Team am Wohnhaus von Dr. Bernhard Grünklotz ankommen. Der spinatgrüne Citroën CX rollt leise in die Einfahrt, und Svetlana steigt aus. Der Anblick des Hauses, das in der morgendlichen Dämmerung fast friedlich wirkt, steht im scharfen Kontrast zu dem, was sie erwartet.

Svetlana betritt das Haus, gefolgt von ihren Kollegen. Die Luft ist schwer und feucht, ein untrügliches Zeichen dafür, dass etwas nicht stimmt. Jeder Schritt, den sie machen, hallt in den leeren Räumen wider. Svetlana spürt, wie sich ihre Nackenhaare aufstellen. Sie bewegt sich vorsichtig, ihre Augen scannen jeden Winkel, jede Ecke.

Im Wohnzimmer finden sie schließlich die Leiche von Dr. Bernhard Grünklotz. Er liegt auf dem Boden, seine Augen starr auf die Decke gerichtet. Die Szenerie ist verstörend, und Svetlana muss sich zusammenreißen, um ihre Gedanken zu ordnen. Sie gibt ihren Kollegen Anweisungen, den Raum abzusperren und sofort mit der Spurensicherung zu beginnen.

Während die Fotografie zur Dokumentation der Szene genutzt wird, beginnt Svetlana, jeden kleinsten Winkel des Raumes nach Hinweisen abzusuchen. Ihre Gedanken rasen. Was könnte diese Tat mit den bisherigen Opfern verbinden? Warum Dr. Grünklotz? Sie kann den Zusammenhang noch nicht erkennen, aber sie weiß, dass sie nicht aufgeben darf.

Auguste Weißnix, die Sprechstundenhilfe von Dr. Grünklotz, hat die Leiche gefunden. Svetlana will sie unbedingt befragen. Auguste wartet nervös in der Küche. Als Svetlana den Raum betritt, mustert Auguste sie verwundert von oben nach unten. „Bist du wirklich von der Polizei?"

fragt sie ungläubig. Svetlana lächelt leicht. „Ja, ich bin Svetlana Elendt, Sonderermittlerin. Ich brauche deine Hilfe."

Auguste erzählt, wie sie Dr. Grünklotz tot aufgefunden hat, und dabei immer wieder skeptische Blicke auf Svetlana wirft. Es ist klar, dass sie Schwierigkeiten hat zu glauben, dass diese kleine Frau wirklich bei der Polizei arbeitet. Svetlana bleibt geduldig und versucht, so viele Informationen wie möglich aus Auguste herauszubekommen.

Währenddessen durchkämmen Svetlanas Kollegen weiterhin das Haus. Jeder Raum wird akribisch untersucht, jedes Möbelstück bewegt. Sie suchen nach Fingerabdrücken, nach kleinsten Spuren, die Aufschluss über den Täter geben könnten. Es ist mühsame, aber notwendige Arbeit.

Plötzlich ruft einer der Ermittler nach Svetlana. Sie eilt ins Arbeitszimmer, wo sie auf einem Schreibtisch mehrere Dokumente finden. Die Papiere scheinen auf den ersten Blick harmlos, doch als Svetlana sie genauer untersucht, entdeckt sie Verbindungen zu den bisherigen Opfern. Notizen, die auf gemeinsame Termine und medizinische Verbindungen hinweisen.

Svetlana spürt, wie die Spannung in ihr steigt. Sie hat das Gefühl, einer wichtigen Spur näher zu kommen. „Wir müssen alles mitnehmen und im Büro genauer untersuchen", sagt sie entschlossen. Ihr Team nickt und beginnt, die Beweise sorgfältig zu sichern.

Als Svetlana das Haus verlässt und in ihren Citroën steigt, weiß sie, dass dies nur der Anfang ist. Die Wahrheit ist noch verborgen, aber sie ist entschlossen, sie ans Licht zu bringen. Die Fahrt zurück zur Zentrale verläuft in angespannter Stille, doch Svetlanas Gedanken arbeiten fieberhaft weiter. Sie wird nicht ruhen, bis sie den Täter gefunden hat.

Kapitel 13: Verzweifelte Eltern (Hannelore Rewaldi)

Der Tag ist grau und die Stimmung bedrückt, als Svetlana Elendt in ihrem spinatgrünen Citroën CX zu den Wohnhäusern der Familien Rewaldi und Unbequem fährt. Die Schwere der Ereignisse liegt förmlich in der Luft. Hannelore Rewaldi wartet bereits auf Svetlana und öffnet die Tür mit einem müden, traurigen Blick.

Im Wohnzimmer sitzt Hannelore, die Augen rot und geschwollen vom vielen Weinen. Sie sieht Svetlana mit einer Mischung aus Hoffnung und Verzweiflung an. „Danke, dass Sie gekommen sind," sagt sie leise.

„Frau Rewaldi, ich bin hier, um Ihnen zu helfen," antwortet Svetlana und setzt sich ihr gegenüber. „Ich muss Ihnen ein paar Fragen stellen, um herauszufinden, was passiert ist."

Hannelore nickt zögernd. „Mein kleiner Dieter… er war immer so fröhlich. Am Abend, bevor er ins Internat ging, hat er sich noch so auf die Woche gefreut."

Svetlana macht sich Notizen. „Und was können Sie mir über Helga und Wolfgang erzählen?"

„Helga hat in ihrem Zimmer geschlafen und als ich nach Hause kam war ihr Zimmer leer. Zuerst dachte ich, sie wäre schon in der Schule und als Helgas Schule angerufen und mir erzählt hat, dass sie nicht in der Schule war und Wolfgang… ich habe ihn gesucht, aber er war einfach verschwunden. Doch dann bekam ich von ihrer Kollegin die Nachricht dass Wolfgangs Leichte in der verlassenen Lagerhalle gefunden wurde." Hannelores Stimme bricht und sie schließt die Augen, um die Tränen zurückzuhalten.

Svetlana seufzt innerlich. „Ich verspreche Ihnen, dass wir alles tun werden, um die Täter zu fassen." Sie notiert weitere Details und bedankt sich bei Hannelore für ihre Zeit.

Als sie sich verabschiedet, fährt Svetlana weiter zur Wohnung von Elena Unbequem, die bereits auf sie wartet. Elena öffnet die Tür, als sie das Auto vorfahren sieht.

„Kommen Sie rein". sagt Elena und führt Svetlana ins Wohnzimmer. Die Anspannung im Raum ist greifbar.

„Frau Unbequem, danke, dass Sie sich die Zeit nehmen. Ich weiß, es ist schwer," beginnt Svetlana.

Elena nickt stumm, ihre Augen sind leer und müde. „Bitte, finden Sie meine Kinder. Barbara und Rudolf sind alles, was mir noch bleibt."

„Können Sie mir erzählen, was passiert ist? Wo waren Sie, als Barbara und Rudolf verschwunden sind?" fragt Svetlana behutsam.

„Ich war in der Nachtschicht. Als ich nach Hause kam, waren sie weg. Manfred… er ist auch verschwunden und später tot im Lutherpark gefunden worden." Elenas Stimme zittert, als sie spricht.

Svetlana notiert alles sorgfältig und stellt weitere Fragen zu den letzten Tagen vor dem Verschwinden der Kinder und Manfreds. „Gibt es irgendetwas Ungewöhnliches, das Ihnen aufgefallen ist?"

Elena denkt nach und schüttelt dann den Kopf. „Nein, nichts. Es war alles wie immer."

Svetlana bedankt sich und verspricht erneut, alles in ihrer Macht Stehende zu tun, um die Täter zu fassen und die Kinder zu finden. Sie verlässt die Wohnung mit einem schweren Herzen, entschlossen, diesen Fall zu lösen.

Der Tag neigt sich dem Ende zu, und Svetlana fährt in ihrem Citroën zurück ins Büro, bereit, die gesammelten Informationen mit ihrem Team zu teilen und die nächsten Schritte zu planen.

Kapitel 14: Eine heiße Spur (Claudia Donnerfuß)

Der Regen prasselt unaufhörlich auf die Straßen von Witten, als Claudia Donnerfuß in ihrem alten Mercedes-Benz W123 sitzt und die neuesten Informationen durchgeht. Sie hat endlich eine heiße Spur gefunden, die zu einem verlassenen Fabrikgelände führt. Ihre Hände zittern leicht vor Aufregung, als sie den Motor startet und zum Polizeipräsidium fährt, um Svetlana und das Team zu informieren.

Im Besprechungsraum herrscht angespannte Stille, als Claudia ihre Entdeckung präsentiert. „Das Fabrikgelände an der alten Hauptstraße könnte unser Schlüssel sein," erklärt sie und breitet eine Karte auf dem Tisch aus. „Wir haben Hinweise darauf, dass die Entführungen dort stattgefunden haben könnten."

Svetlana nickt ernst und studiert die Karte. „Gute Arbeit, Claudia. Wir müssen uns gut vorbereiten. Wir wissen nicht, was uns dort erwartet." Sie greift zum Telefon und ruft das Team zusammen.

Während sich alle vorbereiten, macht sich Claudia bereit. Ihre Gedanken rasen, aber sie zwingt sich, ruhig zu bleiben. „Ich muss mich konzentrieren. Jede Kleinigkeit könnte entscheidend sein," murmelt sie vor sich hin und überprüft ihre Ausrüstung. Taschenlampen, einfache Überwachungsgeräte – alles ist bereit.

Svetlana betritt den Raum, ihre Entschlossenheit ist förmlich spürbar. „Okay, Leute. Wir teilen uns auf. Claudia, du und Martin nehmt die linke Seite des Geländes. Sandra und ich nehmen die rechte. Gudrun bleibt hier und überwacht alles."

Das Team macht sich auf den Weg. Svetlana fährt in ihrem spinatgrünen Citroën CX, während der Rest im Polizeiwagen folgt. Die Spannung ist förmlich greifbar, als sie das verlassene Fabrikgelände erreichen. Die hohen, verrosteten Zäune und die zerbrochenen Fenster verleihen dem Ort eine unheimliche Atmosphäre.

„Seid vorsichtig," warnt Svetlana, bevor sie das Gelände betreten. „Und bleibt in Kontakt."

Claudia und Martin schleichen sich vorsichtig durch die dunklen Gänge der alten Fabrik. Ihre Taschenlampen werfen gespenstische Schatten an die Wände. „Halt, sieh dir das an". flüstert Martin und deutet auf frische Reifenspuren im Schlamm. „Hier war jemand vor kurzem."

Claudia nickt und zückt ihr Notizbuch. „Wir müssen diesen Spuren folgen."

Die beiden bewegen sich weiter, immer auf der Hut. Plötzlich bleibt Claudia stehen. „Hörst du das?" Ein leises Geräusch, wie ein gedämpftes Stöhnen, dringt an ihre Ohren. Sie wechseln einen schnellen Blick und folgen dem Geräusch.

„Da drüben," flüstert Claudia und deutet auf eine halbgeöffnete Tür. Vorsichtig schiebt sie die Tür auf und leuchtet mit der Taschenlampe hinein. In der Ecke kauert ein Junge, zitternd und verängstigt.

„Dieter". erkennt Claudia sofort. „Alles wird gut. Wir sind hier, um dir zu helfen." Sie kniet sich zu ihm und spricht beruhigend auf ihn ein, während Martin den Rückweg sichert.

Als sie zurück zum Auto kommen, informiert Claudia sofort Svetlana über den Fund. „Wir haben Dieter gefunden. Er ist in Sicherheit."

„Gut gemacht, Claudia," lobt Svetlana. „Bringt ihn sofort ins Präsidium. Wir müssen herausfinden, was er weiß."

Die Nacht endet, als das Team zurück ins Präsidium fährt. Claudia fühlt sich erschöpft, aber auch erleichtert. Sie hat eine wichtige Spur gefunden, und es fühlt sich an, als ob sie endlich einen Schritt näher an die Lösung des Falls gekommen sind.

Kapitel 15: Das Versteck der Entführer (Marco Huckevoll)

Der Mond scheint schwach durch die zerbrochenen Fenster der verlassenen Fabrik und wirft unheimliche Schatten an die Wände. Marco Huckevoll und Thomas Angsthase haben sich in einem versteckten Raum tief im Inneren der Fabrik verschanzt. Der Raum ist spärlich beleuchtet, das flackernde Licht einer alten Glühbirne lässt die Szenerie noch gespenstischer wirken.

Marco sitzt an einem kleinen, wackeligen Tisch und studiert eine Karte der Umgebung. „Wir müssen uns beeilen. Die Bullen sind uns auf den Fersen", murmelt er und wirft einen Blick auf Thomas, der nervös in der Ecke steht und an seinen Fingernägeln kaut.

„Was, wenn sie uns finden, Marco?", fragt Thomas mit zitternder Stimme. Seine Augen huschen ständig zur Tür, als erwarte er, dass jeden Moment die Polizei hereinstürmt.

„Beruhig dich, du Weichei", knurrt Marco und greift nach einem Funkgerät. „Wir haben noch Zeit. Solange wir ruhig bleiben und unsere Spuren verwischen, finden die uns nicht."

In einer Ecke des Raums, hinter einem provisorisch errichteten Vorhang, sitzen die entführten Kinder, Barbara und Dieter. Sie sind verängstigt und erschöpft, ihre Augen weit aufgerissen in der Dunkelheit. Barbara klammert sich an Dieter, der zitternd versucht, ruhig zu bleiben.

„Ich will nach Hause," flüstert Barbara mit Tränen in den Augen. „Warum tun die das?"

„Ich weiß es nicht," antwortet Dieter leise. „Aber wir müssen stark bleiben. Sie werden uns finden."

Marco richtet sich auf und geht zu den Kindern. „Hört auf zu flüstern, ihr zwei! Niemand wird euch hier finden, wenn ihr brav seid." Er lacht leise und wendet sich dann wieder Thomas zu.

„Was sollen wir jetzt machen, Marco?" Thomas' Stimme ist kaum mehr als ein Flüstern. „Die Kinder machen mich nervös."

„Wir warten, bis sich die Lage beruhigt," antwortet Marco kalt. „Und dann… dann verschwinden wir. Aber vorher müssen wir sicherstellen, dass niemand uns folgen kann." Er zieht eine Pistole aus seinem Gürtel und überprüft sie sorgfältig. „Falls es Probleme gibt, bin ich bereit."

Thomas schluckt schwer und nickt. „Okay, Marco. Ich hoffe, du weißt, was du tust."

Draußen heult der Wind durch die leeren Gänge der Fabrik, und das Gebäude knarrt unter dem Druck. Marco späht durch ein kleines Fenster und beobachtet die dunkle Umgebung. Alles scheint ruhig, doch er weiß, dass die Ruhe trügerisch ist. Die Polizei könnte jeden Moment auftauchen.

„Thomas, geh und überprüfe die Überwachungsgeräte," befiehlt Marco. „Ich will wissen, wenn sich jemand nähert."

Thomas nickt und greift nach einem der alten Funkgeräte, bevor er den Raum verlässt. Marco bleibt zurück, seine Gedanken rasen, während er versucht, den nächsten Schritt zu planen. Sie müssen die Kinder versteckt halten und gleichzeitig einen Fluchtweg sichern.

„Wir schaffen das," murmelt er zu sich selbst und streicht über den Lauf seiner Pistole. „Niemand wird uns schnappen."

Die Spannung im Raum steigt, als die Minuten vergehen. Marco spürt, wie die Zeit gegen sie arbeitet, doch er ist entschlossen, nicht aufzugeben. Er wirft einen letzten Blick auf die Karte und beginnt, die Fluchtroute im Kopf durchzugehen. Alles muss perfekt laufen.

Kapitel 16: Rettungsaktion (Svetlana Elendt)

Der Regen prasselt unaufhörlich auf das Dach der verlassenen Fabrik. Svetlana und ihr Team stehen im Schutz der Dunkelheit und bereiten sich auf den Einsatz vor. Taschenlampen blitzen auf, als sie ihre Ausrüstung überprüfen. Der spinatgrüne Citroën CX und die Mercedes-Benz W123-Polizeiwagen stehen bereit, die Motoren laufen leise im Leerlauf.

„Okay Leute, wir gehen rein," sagt Svetlana entschlossen und zieht ihren Mantel enger um sich. „Passt auf euch auf und bleibt in Kontakt." Sie nimmt das Funkgerät zur Hand und überprüft noch einmal die Frequenz.

„Verstanden," antwortet Claudia Donnerfuß, die an ihrer Seite steht. „Wir holen die Kinder da raus."

Sie dringen vorsichtig in das Fabrikgebäude ein, die Taschenlampen werfen lange, unheimliche Schatten an die Wände. Svetlana spürt das Adrenalin in ihren Adern, jeder Schritt hallt in der stillen Fabrik wider.

„Hier drüben," flüstert Martin Großkugel und zeigt auf eine offene Tür. „Da kommt Licht raus."

Svetlana nickt und geht vorsichtig weiter. Sie stoßen auf einen großen Raum, in dem Rudolf Unbequem und Helga Rewaldi zusammengesunken auf dem Boden sitzen. Ihre Gesichter sind von Angst gezeichnet, doch als sie die Polizisten sehen, erhellt sich ihr Ausdruck.

„Alles wird gut," flüstert Svetlana und kniet sich zu den Kindern. „Wir bringen euch hier raus."

In diesem Moment stürmen Marco Huckevoll und Thomas Angsthase in den Raum. Marco zielt mit einer Pistole auf Svetlana, während Thomas nervös hin und her schaut.

„Nicht bewegen!", brüllt Marco. „Oder die Kinder sind dran."

Svetlana bleibt ruhig und hebt die Hände. „Beruhig dich, Marco. Wir wollen nur die Kinder. Niemand muss verletzt werden."

„Halt die Klappe!", schnauzt Marco und schwenkt die Waffe bedrohlich. „Du weißt nicht, mit wem du dich anlegst."

In der Zwischenzeit hat Claudia die Situation eingeschätzt und gibt per Funk leise Anweisungen. „Bereit machen, wir müssen schnell handeln."

Einige Polizisten schleichen sich von der anderen Seite an und bereiten sich auf den Zugriff vor. Svetlana versucht, Marco weiter abzulenken. „Marco, denk an die Kinder. Lass sie gehen, und wir klären das."

Thomas beginnt zu zittern, seine Angst ist offensichtlich. „Marco, vielleicht sollten wir einfach abhauen…"

„Halt die Klappe, Thomas!", brüllt Marco. „Ich hab das hier unter Kontrolle!"

In diesem Moment stürmen die Polizisten los. Es geht alles ganz schnell. Marco feuert einen Schuss ab, der knapp an Svetlana vorbeigeht, bevor er überwältigt wird. Thomas lässt die Waffe fallen und ergibt sich ohne Widerstand.

„Alles in Ordnung?" fragt Claudia besorgt, als sie zu Svetlana eilt.

„Ja, mir geht's gut," antwortet Svetlana und hilft den Kindern auf die Beine. „Lasst uns hier raus."

Rudolf und Helga klammern sich an die Polizisten, während sie aus der Fabrik geführt werden. Draußen warten bereits Krankenwagen und weitere Einsatzkräfte. Die Kinder werden sofort versorgt und in Sicherheit gebracht.

„Gute Arbeit, Leute," sagt Svetlana und atmet tief durch. „Aber die anderen Kinder sind noch irgendwo da draußen. Wir dürfen nicht aufgeben."

„Wir werden sie finden," versichert Claudia und klopft ihr auf die Schulter. „Das verspreche ich dir."

Während die Einsatzkräfte die Fabrik absichern und die Gefangenen abtransportieren, bleibt Svetlana nachdenklich zurück. Die Nacht ist noch nicht vorbei, und die Suche nach den entführten Kindern geht weiter.

Kapitel 17: Verhöre und Geständnisse (Marco Huckevoll)

Im Polizeipräsidium Witten herrscht hektische Betriebsamkeit. Marco Huckevoll und Thomas Angsthase sitzen in getrennten Verhörräumen, die Gesichter gezeichnet von Müdigkeit und Angst. Staatsanwalt Klaus Nachtgeist rollt im Rollstuhl durch den Flur, bereit, die Verhöre zu leiten.

„Fangen wir mit Marco an," sagt er zu Svetlana, die neben ihm steht. „Mal sehen, ob wir aus ihm etwas herausbekommen."

Sie betreten den Verhörraum, in dem Marco sitzt. Er schaut stur geradeaus, seine Augen kalt und ausdruckslos. Svetlana setzt sich ihm gegenüber, während Klaus in seinem Rollstuhl leicht zur Seite rollt, um besser sehen zu können.

„Marco, wir wissen, dass du nicht allein gehandelt hast," beginnt Svetlana ruhig. „Erzähl uns, wer noch dahintersteckt."

„Ihr könnt mich mal," knurrt Marco und verschränkt die Arme vor der Brust. „Ich sag gar nichts."

Klaus schaltet das Tonbandgerät ein und lehnt sich zurück. „Marco, je länger du dich weigerst zu kooperieren, desto schlimmer wird es für dich. Du kannst hier rauskommen, indem du uns die Wahrheit sagst."

Marco lacht höhnisch. „Glaubt ihr wirklich, ich werde euch irgendwas erzählen? Ihr seid lächerlich."

Svetlana bleibt ruhig und schaut ihm fest in die Augen. „Wir werden die Wahrheit herausfinden, Marco. Du kannst es uns leicht machen oder schwer."

Währenddessen im Nachbarraum sitzt Thomas, der nervös auf seinem Stuhl hin und her rutscht. Claudia Donnerfuß ist bei ihm und versucht, ihn zum Reden zu bringen.

„Thomas, wir wissen, dass du Angst hast," sagt Claudia mitfühlend. „Aber du musst uns helfen, die anderen Kinder zu finden. Erzähle uns, was du weißt."

Thomas' Augen füllen sich mit Tränen. „Ich wollte das alles nicht… Marco hat mich gezwungen."

„Dann hilf uns, Thomas," drängt Claudia sanft. „Erzähl uns, was ihr geplant habt."

Thomas bricht schließlich zusammen und beginnt zu sprechen. „Wir haben die Kinder versteckt, aber ich weiß nicht genau wo. Marco hat alles geplant. Ich war nur dabei, weil er mir gedroht hat."

Zur gleichen Zeit setzt sich Svetlana in Marcos Verhörraum durch. „Thomas redet, Marco. Er erzählt uns alles."

Marcos Gesicht verzieht sich zu einer wütenden Grimasse. „Der kleine Mistkerl," murmelt er.

„Es ist vorbei, Marco," sagt Klaus bestimmt. „Du hast keine andere Wahl mehr."

Im anderen Raum schluchzt Thomas weiter und gibt bruchstückhaft Details preis. „Wir haben sie in einem alten Schuppen außerhalb der Stadt versteckt… ich kann euch den Ort zeigen."

Claudia nickt und verlässt den Raum, um die anderen zu informieren. „Wir haben einen Durchbruch," sagt sie zu Svetlana und Klaus. „Thomas zeigt uns, wo die anderen Kinder sind."

Svetlana atmet erleichtert auf. „Gut gemacht, Claudia. Lass uns sofort losfahren."

Mit vereinten Kräften und dank der geständigen Aussagen von Thomas haben sie endlich einen konkreten Anhaltspunkt. Die Suche nach den entführten Kindern nimmt eine neue Wendung, und die Hoffnung kehrt zurück.

Die Nacht ist noch nicht vorbei, und das Team macht sich bereit, dem neuen Hinweis nachzugehen. Svetlana steigt in ihren spinatgrünen Citroën CX, bereit, die nächste Phase der Rettungsaktion zu starten. Die Verhöre haben ihre Früchte getragen, und nun gilt es, die restlichen Kinder zu finden und in Sicherheit zu bringen.

Kapitel 18: Der Plan nimmt Form an (Svetlana Elendt)

Im Polizeipräsidium Witten ist die Atmosphäre angespannt. Svetlana und ihr Team haben sich in einem Besprechungsraum versammelt. An den Wänden hängen Landkarten und Fotos der bisherigen Tatorte. Auf dem Tisch liegen Aktenstapel und Ausdrucke von Fingerabdrücken und anderen Beweisen.

Svetlana steht vor dem Commodore C64, auf dem sie eine einfache Datenbank mit den Informationen über die Fälle führt. „Okay, Leute, wir müssen jetzt alles, was wir von Thomas haben, mit unseren bisherigen Hinweisen verknüpfen," sagt sie und tippt einige Befehle in den Computer ein.

Claudia Donnerfuß blättert durch die neuesten Ausdrucke vom Fotokopierer und verteilt sie an die anderen Teammitglieder. „Hier sind die Aussagen von Thomas. Er hat uns den Standort des Schuppens beschrieben, aber wir müssen sicherstellen, dass wir die richtige Verbindung zu den Drahtziehern herstellen," erklärt sie.

Svetlana blickt auf die Karte von Witten. „Thomas hat gesagt, dass der Schuppen außerhalb der Stadt liegt. Wenn wir seine Beschreibung nehmen und mit den Orten der bisherigen Entführungen vergleichen, sollten wir ein Muster finden."

Martin Großkugel, der Technikspezialist des Teams, nickt zustimmend. „Ich habe die Koordinaten der Tatorte in unser System eingegeben. Vielleicht können wir so die Bewegungen der Täter nachvollziehen."

Svetlana zoomt auf dem Bildschirm des Commodore C64 in die Karte hinein. „Hier, schaut mal. Die Entführungen folgen einem Muster, das auf diesen alten Schuppen hinweisen könnte. Wir müssen diesen Ort genau untersuchen."

Dr. Gudrun Fleischwurst, die Gerichtsmedizinerin, schaut aufmerksam auf die Beweise. „Die Art und Weise, wie die Opfer behandelt wurden, deutet darauf hin, dass die Täter medizinische Kenntnisse haben. Das könnte uns helfen, den Kreis der Verdächtigen einzugrenzen."

Svetlana nickt und macht sich Notizen. „Richtig, Gudrun. Wir müssen auch herausfinden, ob Dr. Grauenwurst oder Dr. Heiligenschein in irgendeiner Weise mit diesen Orten in Verbindung stehen."

Währenddessen bereitet sich das Team vor, den Schuppen zu durchsuchen. Svetlana wirft einen Blick auf ihre Armbanduhr. „Wir haben keine Zeit zu verlieren. Claudia, du übernimmst die Koordination vor Ort. Martin, du kümmerst dich um die technische Überwachung. Wir fahren jetzt los."

Svetlana geht zu ihrem spinatgrünen Citroën CX und startet den Motor. „Lasst uns diesen Fall endlich lösen," murmelt sie entschlossen und fährt los.

Im Schuppen angekommen, untersucht das Team akribisch jeden Winkel. Claudia leuchtet mit einer Taschenlampe in die Ecken, während Martin Überwachungsgeräte installiert. „Hier sind Spuren von Reifenabdrücken," sagt er und macht Fotos zur Dokumentation.

Svetlana durchsucht einen alten Schreibtisch und findet eine Karte mit markierten Punkten. „Das könnte unser Durchbruch sein," sagt sie und zeigt die Karte dem Team. „Wir müssen diese Punkte überprüfen und herausfinden, ob sie mit den Entführungen zusammenhängen."

Das Team arbeitet unermüdlich weiter, und langsam nimmt der Plan der Entführer Form an. Svetlana ist entschlossen, die Drahtzieher zu identifizieren und die restlichen Kinder zu finden. Jeder kleine Hinweis bringt sie einen Schritt näher an die Lösung des Falls. Die Spannung steigt, und das Team weiß, dass sie kurz davor sind, die Wahrheit aufzudecken.

Kapitel 19: Das Büro von Ingrid Heiligenschein (Dr. Ingrid Heiligenschein)

Im Büro von Dr. Ingrid Heiligenschein herrscht eine unheimliche Stille. Das große Gebäude der WittenPharma AG wirkt an diesem Abend fast verlassen. Svetlana und Claudia betreten das Büro vorsichtig und schauen sich um. Der Raum ist ordentlich und fast steril eingerichtet, aber die beiden Ermittlerinnen wissen, dass sich hier irgendwo belastende Beweise verstecken müssen.

Svetlana geht zu dem großen Schreibtisch aus dunklem Holz und öffnet die oberste Schublade. „Hier müssen irgendwo Dokumente sein, die uns weiterhelfen," murmelt sie und beginnt, die Unterlagen durchzublättern. Claudia durchsucht währenddessen die Regale an den Wänden und zieht Ordner heraus.

„Svetlana, schau dir das mal an," sagt Claudia plötzlich und hält einen Ordner hoch. „Das sind Berichte über medizinische Experimente. Die Namen der Opfer tauchen hier auf."

Svetlana nimmt den Ordner und blättert durch die Seiten. „Das ist der Beweis, den wir brauchen. Dr. Heiligenschein ist definitiv in diese Verbrechen verwickelt." Sie holt den Fotokopierer hervor und beginnt, die Dokumente zu vervielfältigen, um sicherzustellen, dass sie genügend Beweismaterial haben.

Während Svetlana die Kopien anfertigt, durchsucht Claudia weiter die Schubladen. „Hier ist noch mehr," sagt sie und zieht einen weiteren Stapel Papiere heraus. „Das sind Bankunterlagen und Überweisungsbelege. Sie hat große Summen an verschiedene Konten überwiesen."

Plötzlich hören sie Schritte auf dem Flur. Svetlana und Claudia tauschen einen besorgten Blick aus. Sie müssen schnell handeln. „Wir müssen hier raus, bevor uns jemand entdeckt," flüstert Svetlana und steckt die kopierten Dokumente in ihre Tasche.

Die Tür öffnet sich und Dr. Ingrid Heiligenschein betritt ihr Büro. Sie bleibt stehen und schaut die beiden Frauen mit kalten Augen an. „Was machen Sie hier?" fragt sie mit einer eisigen Stimme.

„Wir haben genug Beweise, um Sie zu verhaften," sagt Svetlana entschlossen. „Ihre Verbindungen zu den Entführungen und Morden sind eindeutig."

Dr. Heiligenschein lacht leise. „Denken Sie wirklich, dass Sie mich aufhalten können? Sie haben keine Ahnung, mit wem Sie sich angelegt haben."

Svetlana und Claudia lassen sich nicht einschüchtern. „Wir werden sehen," sagt Claudia und tritt einen Schritt näher. „Kommen Sie mit ins Präsidium. Sie sind verhaftet."

Dr. Heiligenschein macht keine Anstalten zu fliehen. Stattdessen setzt sie sich ruhig auf ihren Stuhl. „Ich werde mitkommen," sagt sie und lächelt kalt. „Aber das ist noch nicht das Ende."

Svetlana und Claudia führen Dr. Heiligenschein hinaus und bringen sie zu Svetlanas spinatgrünem Citroën CX. Während sie ins Polizeipräsidium fahren, weiß Svetlana, dass dies nur der Anfang eines langen und komplizierten Prozesses ist. Doch sie ist fest entschlossen, Gerechtigkeit für die Opfer zu erreichen. Die Beweise, die sie gefunden haben, sind ein entscheidender Schritt in diese Richtung.

Im Polizeipräsidium angekommen, wird Dr. Heiligenschein sofort in eine Zelle gebracht. Svetlana und Claudia bereiten sich darauf vor, die gefundenen Beweise auszuwerten und den Fall weiter voranzutreiben. Der Kampf ist noch lange nicht vorbei, aber sie sind einen großen Schritt weitergekommen.

Kapitel 20: Das Netzwerk der Täter (Martin Großkugel)

Im Polizeipräsidium herrscht angespannte Stille. Martin Großkugel sitzt vor seinem Commodore C64 und tippt konzentriert auf die Tastatur. Neben ihm sitzt Nesrin Kleinkugel, die aufmerksam die kopierten Dokumente von Dr. Heiligenschein durchblättert.

„Die Daten sind ziemlich umfangreich," murmelt Martin und wirft einen Blick auf den Bildschirm. „Es wird einige Zeit dauern, alles zu analysieren."

„Wir müssen herausfinden, wer alles in dieses Netzwerk verwickelt ist," antwortet Nesrin und legt einen Stapel Papiere beiseite. „Es gibt sicherlich noch mehr Opfer, die bisher nicht entdeckt wurden."

Martin nickt und gibt einige Befehle in den Computer ein. Die grün leuchtenden Zeichen flimmern über den Bildschirm, während das System die Daten verarbeitet. „Hier sind einige interessante Überweisungen," sagt er plötzlich. „Große Summen, die an verschiedene Konten überwiesen wurden."

Nesrin beugt sich näher, um die Informationen zu sehen. „Das sind hohe Beträge. Es sieht aus, als ob sie nicht nur für medizinische Experimente gezahlt wurden. Hier sind auch Zahlungen an Privatpersonen."

„Wahrscheinlich Bestechungsgelder," mutmaßt Martin. „Oder Zahlungen an Komplizen."

„Wir sollten die Namen überprüfen," schlägt Nesrin vor. „Vielleicht finden wir Verbindungen zu anderen Fällen."

Martin nickt und beginnt, die Namen in das System einzugeben. Die Ergebnisse lassen nicht lange auf sich warten. „Hier, schau dir das an," sagt er und zeigt auf den Bildschirm. „Einige dieser Personen sind bereits polizeibekannt. Es gibt Verbindungen zu früheren Fällen von Entführungen und Mord."

„Das passt alles zusammen," sagt Nesrin nachdenklich. „Dieses Netzwerk ist größer, als wir dachten. Es gibt noch mehr Täter da draußen."

Martin druckt die Ergebnisse aus und legt die Ausdrucke vor sich auf den Tisch. „Wir müssen diese Informationen sofort an Svetlana und Claudia weitergeben. Sie müssen wissen, dass wir es hier mit einer größeren Organisation zu tun haben."

Nesrin nimmt die Ausdrucke und eilt zum Büro von Svetlana. Sie klopft an die Tür und tritt ein. „Wir haben etwas gefunden," sagt sie und breitet die Papiere auf dem Schreibtisch aus. „Es gibt ein Netzwerk von Tätern, das weit über Dr. Heiligenschein hinausgeht. Wir haben Verbindungen zu mehreren bekannten Kriminellen entdeckt."

Svetlana und Claudia beugen sich über die Dokumente und studieren die Namen und Kontodaten. „Das ist unglaublich," sagt Svetlana. „Wir müssen sofort Maßnahmen ergreifen, um diese Leute festzunehmen."

Claudia nickt zustimmend. „Wir sollten das Team informieren und uns auf eine koordinierte Aktion vorbereiten. Diese Informationen sind der Schlüssel, um das gesamte Netzwerk zu zerschlagen."

„Gute Arbeit, ihr beiden," sagt Svetlana zu Martin und Nesrin. „Wir werden das schaffen."

Während das Team sich auf die bevorstehenden Einsätze vorbereitet, herrscht im Polizeipräsidium hektische Betriebsamkeit. Jeder weiß, dass die nächsten Schritte entscheidend sind, um die Täter zur Rechenschaft zu ziehen und weitere Opfer zu verhindern. Die gefundenen Beweise sind der Durchbruch, den sie gebraucht haben, um das Netzwerk der Täter endgültig zu zerschlagen.

Kapitel 21: Neue Erkenntnisse (Dr. Gudrun Fleischwurst)

Im gerichtsmedizinischen Institut in Witten herrscht konzentrierte Stille. Dr. Gudrun Fleischwurst sitzt an ihrem Schreibtisch und beugt sich über ein Mikroskop. Sie untersucht sorgfältig eine Probe, die sie von einem der Tatorte erhalten hat. Die Vergrößerung zeigt winzige Fasern, die unter normalen Umständen leicht übersehen worden wären.

„Interessant," murmelt sie und notiert ihre Beobachtungen auf einer Karteikarte. Sie greift nach einer zweiten Karteikarte, auf der Fingerabdrücke verzeichnet sind, und vergleicht sie mit den Abdrücken, die sie zuvor gesichert hat. Ihre Augen verengen sich konzentriert, als sie eine Übereinstimmung erkennt.

„Das ist ein Volltreffer," sagt sie zu sich selbst und zieht die Karteikarte näher heran. „Diese Abdrücke gehören zu einem der Verdächtigen, die wir bereits im Visier haben."

Gudrun dreht sich um und greift nach einem Ordner auf ihrem Schreibtisch. Sie blättert durch die Seiten und findet die entsprechenden Informationen. „Hier sind sie," sagt sie, als sie auf die Details stößt, die sie sucht. „Die Abdrücke passen zu Marco Huckevoll. Das ist ein weiterer Beweis, der ihn mit den Entführungen und Morden in Verbindung bringt."

Sie steht auf und geht zu einem großen Schrank an der Wand. Sie zieht eine Schublade auf und holt weitere Proben heraus, die sie unter das Mikroskop legt. Mit geübten Handgriffen beginnt sie, die neuen Beweise zu analysieren.

„Diese Fasern…" murmelt sie, als sie etwas Ungewöhnliches bemerkt. „Sie sind identisch mit denen, die ich bei einem anderen Opfer gefunden habe." Sie vergleicht die neuen Fasern mit den vorherigen und stellt fest, dass sie von derselben Quelle stammen müssen.

„Das bestätigt unsere Theorie," sagt sie und notiert ihre Entdeckung auf einer neuen Karteikarte. „Die Opfer sind alle mit denselben Tätern in Kontakt gekommen."

Gudrun setzt sich wieder an ihren Schreibtisch und ruft Svetlana an. „Svetlana, ich habe neue Beweise gefunden," sagt sie ins Telefon. „Die Fingerabdrücke und Fasern, die ich untersucht habe, bestätigen die Verbindung zwischen den Opfern und Marco Huckevoll."

„Das sind großartige Neuigkeiten, Gudrun," antwortet Svetlana. „Wir werden sofort Maßnahmen ergreifen. Deine Beweise sind entscheidend, um ihn endgültig zu überführen."

Gudrun legt auf und lehnt sich in ihrem Stuhl zurück. Sie weiß, dass ihre Entdeckungen ein wichtiger Schritt sind, um die Täter zur Rechenschaft zu ziehen. „Wir kommen der Wahrheit immer näher," sagt sie leise zu sich selbst. „Es ist nur eine Frage der Zeit, bis wir sie alle haben."

Sie schaut noch einmal auf die Karteikarten und die Beweise auf ihrem Schreibtisch. Jeder kleine Hinweis bringt sie näher an die Aufklärung der grausamen Verbrechen. Mit einem zufriedenen Lächeln macht sie sich an die Arbeit, weitere Proben zu analysieren, entschlossen, keine Spur unentdeckt zu lassen.

Kapitel 22: Der entscheidende Hinweis (Sandra Trifftsicher)

In der orthopädischen Klinik von Dr. Lothar Grauenwurst herrscht eine bedrückende Stille. Sandra Trifftsicher betritt das Büro des Arztes, ihre Schritte hallen auf dem Linoleumboden wider. Das Büro ist spartanisch eingerichtet, ein großer Schreibtisch dominiert den Raum, auf dem einige Papiere und ein alter Computer stehen. An den Wänden hängen anatomische Poster und Regale voller medizinischer Fachliteratur.

Sandra zieht sich Gummihandschuhe über und beginnt, die Unterlagen auf dem Schreibtisch sorgfältig zu durchsuchen. Sie weiß, dass irgendwo hier der entscheidende Hinweis verborgen sein muss, der sie zu den Tätern führt. Ihr Blick fällt auf ein Notizbuch, das halb unter einem Stapel Papiere verborgen liegt.

Sie öffnet das Notizbuch und beginnt, die handschriftlichen Aufzeichnungen zu lesen. „Was haben wir denn hier?" murmelt sie vor sich hin. Die Seiten sind voll von medizinischen Notizen, Skizzen und Diagrammen, doch eine Seite sticht besonders hervor. Es sind detaillierte Anweisungen und Koordinaten, die auf einen abgelegenen Ort hinweisen.

„Das könnte es sein," flüstert sie und zieht ihr Notizbuch hervor, um die Informationen zu notieren. Sie fotografiert die Seite mit einer einfachen Kamera, die sie immer dabei hat, um Beweise zu sichern. Die Kamera klickt leise, während sie das Dokument festhält.

Sandra durchsucht weiter den Schreibtisch und öffnet die Schubladen. In der untersten Schublade findet sie eine Mappe mit der Aufschrift „Vertraulich". Sie öffnet die Mappe und entdeckt Berichte und Fotos, die eine Verbindung zu den bisherigen Opfern herstellen.

„Das sind Beweise," sagt sie leise zu sich selbst, während sie die Unterlagen durchgeht. „Das könnte der Durchbruch sein, den wir brauchen."

Sie packt die Dokumente sorgfältig ein und macht sich auf den Weg zurück zum Polizeiwagen, einem robusten Mercedes-Benz W123, der draußen auf sie wartet. Sie setzt sich hinters Steuer und startet den Motor. Auf dem Rückweg zum Polizeipräsidium geht sie die neu gewonnenen Informationen im Kopf durch.

„Wenn diese Koordinaten stimmen, dann haben wir endlich das versteckte Labor gefunden," denkt sie. „Das könnte uns zu den Drahtziehern führen."

Im Präsidium angekommen, wird sie bereits von Svetlana und dem Rest des Teams erwartet. „Ich habe etwas gefunden," sagt Sandra, als sie die Mappe auf den Tisch legt und die Fotos und Dokumente ausbreitet. „Das hier sind die Koordinaten zu einem versteckten Labor. Wir müssen dort sofort hin."

Svetlana wirft einen Blick auf die Unterlagen und nickt entschlossen. „Gute Arbeit, Sandra. Das könnte der Durchbruch sein, den wir brauchen."

Das Team bereitet sich auf den Einsatz vor. Jeder Schritt wird sorgfältig geplant, um keine Fehler zu machen. Sie wissen, dass dies ihre Chance ist, die Täter endlich zu fassen und die entführten Kinder zu retten.

„Los geht's," sagt Svetlana und schnappt sich ihre Ausrüstung. „Wir haben keine Zeit zu verlieren."

Die Polizeiwagen fahren mit heulenden Sirenen los, und das Team macht sich auf den Weg zum angegebenen Ort. Jeder ist angespannt, aber auch entschlossen, diese Mission erfolgreich abzuschließen. Sie wissen, dass sie der Wahrheit jetzt näher sind als je zuvor.

Kapitel 23: Das versteckte Labor (Svetlana Elendt)

Das Team steht vor einem alten, verfallenen Gebäude, das auf den ersten Blick wie ein ungenutzter Teil der orthopädischen Klinik aussieht. Der Zugang zum Labor ist gut versteckt, aber dank der Koordinaten, die Sandra gefunden hat, wissen sie, wo sie suchen müssen.

Svetlana parkt ihren spinatgrünen Citroën CX in der Nähe des Gebäudes und steigt aus. Ihr Herz schlägt schneller, als sie sich dem versteckten Eingang nähert. Claudia Donnerfuß und Martin Großkugel folgen ihr, bewaffnet mit Taschenlampen und Fotoapparaten.

„Das muss es sein," sagt Claudia, während sie die Wand absucht. „Hier irgendwo muss der Eingang sein."

Martin entdeckt schließlich eine versteckte Tür, die hinter einem Stapel alter Kisten verborgen ist. Er öffnet sie vorsichtig und gibt den Weg frei. Ein schmaler, dunkler Gang liegt vor ihnen. Der Geruch von Chemikalien und Verfall hängt in der Luft.

„Los, rein da," sagt Svetlana und betritt den Gang, gefolgt von Claudia und Martin. Ihre Taschenlampen werfen gespenstische Schatten an die Wände.

Am Ende des Gangs öffnet sich ein großer Raum. Es ist ein Labor, gefüllt mit alten, staubigen Geräten und Tabellen voller Notizen. Die Wände sind mit Regalen bedeckt, auf denen chemische Flaschen und medizinische Geräte stehen. In der Mitte des Raumes befindet sich ein großer Labortisch, der mit Papieren und Instrumenten übersät ist.

„Das ist es," murmelt Svetlana. „Das ist das Labor, in dem Dr. Grauenwurst seine Experimente durchgeführt hat."

Sie gehen vorsichtig weiter und durchsuchen das Labor. Claudia findet eine Schublade voller Notizbücher, die detaillierte Beschreibungen von Experimenten enthalten. „Hier sind die Beweise," sagt sie und zeigt Svetlana die Notizbücher. „Das sind Aufzeichnungen über grausame Experimente."

Martin entdeckt eine Tür, die zu einem kleineren Raum führt. Als er sie öffnet, stockt ihm der Atem. „Ihr müsst das sehen," ruft er.

Svetlana und Claudia eilen zu ihm und blicken in den Raum. An den Wänden hängen Fotos von Menschen, die offensichtlich Opfer der Experimente wurden. Der Anblick ist schockierend und bestätigt ihre schlimmsten Befürchtungen.

„Das ist abscheulich," flüstert Svetlana. „Wie konnte er das nur tun?"

Claudia beginnt sofort, die Beweise zu fotografieren. Jede Notiz, jedes Foto wird akribisch dokumentiert. Sie wissen, dass diese Beweise entscheidend sein werden, um Dr. Grauenwurst zur Rechenschaft zu ziehen.

„Wir müssen alles mitnehmen," sagt Svetlana. „Das hier darf nicht ungestraft bleiben."

Während sie weiter durchsuchen, finden sie auch Hinweise, die auf weitere Opfer hinweisen. Namen und Daten, die sie bisher nicht kannten. „Das hier ist nur die Spitze des Eisbergs," sagt Martin. „Es gibt noch mehr Opfer."

Svetlana nickt. „Wir werden sie finden und ihnen Gerechtigkeit bringen. Aber zuerst müssen wir Dr. Grauenwurst aufhalten."

Mit den gesammelten Beweisen machen sie sich auf den Weg zurück zum Polizeipräsidium. Der spinatgrüne Citroën CX rollt langsam durch die Straßen, beladen mit den schockierenden Entdeckungen des Tages. Svetlana weiß, dass dies ein entscheidender Schritt in ihren Ermittlungen ist, aber auch, dass der Weg zur Gerechtigkeit noch lang und gefährlich sein wird.

Kapitel 24: Der Lutherpark (Edna Siehtnix)

Die Sonne steht tief und wirft lange Schatten über den Lutherpark. Edna Siehtnix sitzt auf ihrer Lieblingsbank und blickt gedankenverloren in die Ferne. Die Erinnerung an den Tag, als sie die Leiche von Manfred Unbequem gefunden hat, lässt sie nicht los. Der Park ist ruhig, nur das leise Rascheln der Blätter im Wind und das Zwitschern der Vögel sind zu hören.

„Was war da noch?" murmelt Edna vor sich hin und schließt die Augen, um sich besser konzentrieren zu können. Plötzlich blitzen Details in ihrem Kopf auf, die ihr damals unwichtig erschienen, jetzt aber Sinn ergeben. Sie steht auf und geht langsam den Weg entlang, den sie an jenem schicksalhaften Tag genommen hat.

Edna bleibt an der Stelle stehen, an der sie die Leiche entdeckt hat. „Hier war es," sagt sie leise zu sich selbst. Sie erinnert sich an den ungewöhnlichen Geruch, der in der Luft lag – ein stechender, chemischer Geruch, den sie jetzt als formaldehydartig identifiziert. Ihr Blick fällt auf einen nahegelegenen Strauch, der damals leicht zertrampelt aussah.

„Da war doch was," murmelt sie und geht auf den Strauch zu. Sie schiebt die Äste zur Seite und entdeckt ein kleines, halb vergrabenes Glasfläschchen. „Das muss ich übersehen haben," denkt sie und nimmt es vorsichtig auf. Es ist leer, aber der chemische Geruch haftet noch daran. „Das könnte wichtig sein," sagt sie sich.

Edna erinnert sich auch an das Geräusch eines Autos, das sie kurz vor ihrem Fund gehört hat. Ein schweres Fahrzeug, vermutlich ein Lieferwagen oder ähnliches. „Vielleicht war das der Fluchtwagen," spekuliert sie. Sie schaut sich noch einmal gründlich um und entdeckt Reifenspuren im weichen Boden, die sie vorher nicht bemerkt hat.

„Das muss ich der Polizei sagen," entscheidet sie und macht sich auf den Weg zum nächsten Polizeiwagen, der am Rand des Parks parkt. Ein junger Polizist steigt aus und begrüßt sie freundlich.

„Guten Tag, Frau Siehtnix. Kann ich Ihnen helfen?" fragt er.

„Ja, ich glaube, ich habe etwas Wichtiges gefunden," antwortet Edna und zeigt ihm das Fläschchen und die Reifenspuren. Der Polizist nickt ernst und notiert alles.

„Vielen Dank, Frau Siehtnix. Das könnte wirklich hilfreich sein. Ich werde das sofort weitergeben," sagt er und nimmt das Fläschchen vorsichtig entgegen.

Edna fühlt sich erleichtert. „Vielleicht hilft das ja, den Mörder zu finden," denkt sie. Sie geht langsam zurück zu ihrer Bank und setzt sich wieder. Ihr Herz schlägt schneller vor Aufregung. „Ich habe etwas Wichtiges getan," murmelt sie und lächelt leicht. Die Sonne sinkt weiter und taucht den Park in ein warmes, goldenes Licht. Edna weiß, dass sie nicht tatenlos zusehen kann. Sie muss weiter wachsam sein und auf die kleinen Hinweise achten, die sie vielleicht übersehen hat.

„Jeder noch so kleine Hinweis kann helfen," denkt sie und bleibt aufmerksam, während die Schatten länger werden und die Dämmerung über den Lutherpark hereinbricht.

Kapitel 25: Die dritte Entführung (Svetlana Elendt)

Es ist spät in der Nacht, die Straßen von Witten sind ruhig. Im Korpus-Gesamtikus-Sonderschulinternat schlafen die Kinder tief. Hanni Aufgewühlt liegt in ihrem Bett im Mädchenschlafsaal, als die Tür leise aufgeht. Eine dunkle Gestalt schleicht sich herein. Hanni wird sanft, aber bestimmt geweckt. Die Hand des Entführers legt sich fest auf ihren Mund, um jeden Laut zu ersticken. Panik weitet ihre Augen, doch sie bleibt still. Der Entführer hebt sie aus dem Bett und trägt sie leise hinaus. Niemand bemerkt etwas.

Zur gleichen Zeit, am anderen Ende der Stadt, schläft Herbert Aufgewühlt friedlich in seinem Kinderzimmer. Seine Tür öffnet sich abrupt und zwei maskierte Männer stürmen herein. Herbert wacht schockiert auf, kann aber keinen Laut von sich geben, da ihm sofort ein Tuch über den Mund gelegt wird. Er zappelt und tritt um sich, aber die Männer sind zu stark. Sie tragen ihn aus dem Haus, ohne dass jemand etwas merkt.

Im Wohnzimmer sitzt Manfred Aufgewühlt und schaut fern. Plötzlich hört er ein seltsames Geräusch. Bevor er reagieren kann, wird er überwältigt. Manfred kämpft, doch seine Angreifer sind vorbereitet. Sie fesseln ihn und zwingen ihm eine große Menge Essen in den Mund. Manfreds Augen weiten sich vor Panik. Er kann sich nicht befreien. Nach Minuten des brutalen Zwangsfütterns erstickt er und bleibt leblos zurück.

Waltraut Aufgewühlt kommt nach ihrer Nachtschicht nach Hause. Sie betritt das Haus und ruft nach Manfred und Herbert, bekommt aber keine Antwort. Als sie ins Wohnzimmer tritt, entdeckt sie Manfreds Leiche und bricht schreiend zusammen. Die Panik erfasst sie und sie ruft die Polizei, als sie bemerkt, dass Herbert ebenfalls verschwunden ist.

Svetlana Elendt und ihr Team werden sofort alarmiert. Sie rasen mit ihrem spinatgrünen Citroën CX zum Wohnhaus der Familie Aufgewühlt. Die Polizei ist bereits vor Ort und hat das Haus abgesperrt. Die Atmosphäre ist angespannt.

„Was haben wir hier?" fragt Svetlana, als sie aus dem Auto steigt und auf die Beamten zugeht.

„Dritte Entführung in einer Woche. Diesmal haben sie Hanni und Herbert Aufgewühlt entführt und ihren Vater ermordet," erklärt ein Polizist mit ernster Miene.

Svetlana nickt. „Wir müssen jeden Winkel durchsuchen. Irgendwo müssen sie einen Fehler gemacht haben."

Drinnen im Haus ist die Stimmung bedrückend. Der Fernseher läuft immer noch, das Bild flackert. Svetlana betrachtet die Szenerie mit scharfem Blick. „Augen auf, Leute. Die haben irgendwas hinterlassen, das bin ich mir sicher," sagt sie entschlossen.

Das Team beginnt, das Haus akribisch zu durchsuchen. Sie finden die Essensreste und die Spuren des Kampfes im Wohnzimmer. Ein Polizist fotografiert alles genau, während ein anderer Fingerabdrücke nimmt.

Draußen überprüfen die Polizisten die Umgebung. Svetlana geht um das Haus und entdeckt frische Reifenspuren im weichen Boden. Sie kniet sich hin und betrachtet sie genau. „Das könnte unser Fluchtwagen sein," murmelt sie und macht ein Foto davon.

„Ich brauche mehr Informationen über den Wagen," sagt sie laut. „Wir müssen die Täter finden, bevor sie weiterziehen."

Die Nacht wird immer dunkler und die Uhr tickt. Svetlana weiß, dass sie keine Zeit verlieren dürfen. „Wir arbeiten rund um die Uhr," sagt sie zu ihrem Team. „Diese Bastarde werden keine weiteren Kinder entführen, nicht, solange wir hier sind."

Der Druck ist enorm, aber Svetlana ist entschlossen. Sie weiß, dass sie die Täter finden und zur Strecke bringen müssen, um weitere Tragödien zu verhindern. Der Kampf hat gerade erst begonnen, und sie sind bereit, alles zu geben.

Kapitel 26: Verhör von Ingrid Heiligenschein (Dr. Ingrid Heiligenschein)

Im Verhörraum des Polizeipräsidiums Witten herrscht angespannte Stille. Dr. Ingrid Heiligenschein sitzt aufrecht auf dem einfachen Holzstuhl, die Hände ruhig auf dem Tisch gefaltet. Ihre Augen wandern nervös durch den Raum, als Svetlana Elendt hereinkommt. Die Polizistin bleibt einen Moment stehen und beobachtet Heiligenschein. Dann setzt sie sich ihr gegenüber und schaltet das Tonbandgerät ein.

„Dr. Heiligenschein, wir haben einige Fragen an Sie," beginnt Svetlana und fixiert sie mit ihrem Blick. „Sie wissen, warum Sie hier sind?"

Heiligenschein setzt ein kühles Lächeln auf. „Natürlich. Aber ich habe nichts damit zu tun."

Svetlana nickt langsam. „Das sagen viele. Wir haben aber belastende Dokumente aus Ihrem Büro, die etwas anderes nahelegen. Wie erklären Sie sich das?"

Heiligenschein zuckt mit den Schultern. „Ich bin eine viel beschäftigte Frau. Da können Dokumente schon mal falsch interpretiert werden."

„Falsch interpretiert?" Svetlana beugt sich vor. „Da steht schwarz auf weiß, dass Sie Verbindungen zu Dr. Grauenwurst und den Entführungen haben."

Heiligenschein schüttelt den Kopf. „Dr. Grauenwurst und ich sind Kollegen. Mehr nicht. Was der in seiner Freizeit treibt, ist seine Sache."

Svetlana bleibt hartnäckig. „Und die verschwundenen Kinder? Die Morde? Sie wollen uns ernsthaft weismachen, dass Sie nichts davon wussten?"

Heiligenschein wird unruhig. „Ich weiß nichts darüber. Und selbst wenn ich es wüsste, hätte ich nichts damit zu tun."

„Selbst wenn?" Svetlana hebt eine Augenbraue. „Das klingt schon sehr verdächtig, finden Sie nicht?"

Heiligenschein versucht, ruhig zu bleiben. „Ich habe nichts Falsches getan. Diese Anschuldigungen sind absurd."

Svetlana lehnt sich zurück und lässt einen Moment der Stille vergehen. Dann spricht sie wieder. „Wissen Sie, Dr. Heiligenschein, ausweichende Antworten machen uns nur misstrauischer. Wir haben genug Beweise, um Sie in Verbindung mit diesen Verbrechen zu bringen. Ihre beste Chance ist jetzt, die Wahrheit zu sagen."

Heiligenschein starrt Svetlana an, ihre Augen verengen sich. „Ich habe Ihnen alles gesagt, was ich weiß."

Svetlana schüttelt den Kopf. „Das glaube ich Ihnen nicht. Und ich werde nicht aufhören, bis ich die Wahrheit herausgefunden habe."

Das Verhör zieht sich hin. Heiligenschein bleibt stur und verweigert jede weitere Zusammenarbeit. Svetlana merkt, dass sie eine harte Nuss zu knacken hat. Doch sie ist entschlossen, die Wahrheit ans Licht zu bringen.

Als sie den Verhörraum verlässt, wirft sie einen letzten Blick auf Heiligenschein. „Das ist noch nicht vorbei. Wir sehen uns wieder."

Draußen im Flur trifft sie auf Claudia Donnerfuß. „Und?" fragt Claudia.

„Sie mauert," antwortet Svetlana. „Aber wir haben genug, um sie vorläufig festzuhalten. Wir brauchen nur noch den letzten Beweis, der alles zusammenfügt."

Claudia nickt. „Wir kriegen sie. Die Wahrheit kommt immer ans Licht."

Svetlana nickt zustimmend. „Wir sind auf dem richtigen Weg. Jetzt heißt es dranbleiben."

Mit einem festen Entschluss in den Augen geht Svetlana zurück in ihr Büro. Der Kampf gegen das Unrecht ist noch lange nicht vorbei. Aber sie ist bereit, alles zu geben, um die Gerechtigkeit zu sichern.

Kapitel 27: Die Rolle des Archivs (Claudia Donnerfuß)

Das städtische Archiv in Witten ist ein ruhiger, fast schon vergessener Ort. Zwischen hohen Regalen, gefüllt mit alten Akten und staubigen Ordnern, herrscht eine fast gespenstische Stille. Claudia Donnerfuß steht inmitten dieses Labyrinths aus Papier und beginnt, eine Reihe von Akten zu durchforsten. Ihr Ziel: Hinweise auf die Hintergründe der aktuellen Fälle zu finden.

Sie hat einen einfachen Computer, einen Commodore C64, auf einem alten Schreibtisch aufgebaut. Daneben steht ein Fotokopierer, der leise summt. Claudia nimmt eine Akte nach der anderen aus dem Regal und beginnt, die Dokumente durchzusehen.

„Das muss doch hier irgendwo sein," murmelt sie vor sich hin, während sie sich durch die Seiten arbeitet. Die Akten enthalten Informationen über alte Baupläne, Geschäftslizenzen und historische Ereignisse in Witten.

Nach einer Weile stößt sie auf eine Akte, die ihr Interesse weckt. Es ist eine Sammlung von Dokumenten über die WittenPharma AG und ihre Gründung. Sie blättert durch die Seiten und entdeckt überraschende Verbindungen. Die Namen von Dr. Ingrid Heiligenschein und Dr. Lothar Grauenwurst tauchen immer wieder auf.

„Das ist interessant," sagt sie zu sich selbst und macht einige Kopien der relevanten Seiten. „Hier gibt es eindeutig eine Verbindung."

Claudia nimmt die Kopien und steckt sie in ihre Tasche. Dann greift sie nach einer weiteren Akte, die Informationen über das Korpus-Gesamtikus-Sonderschulinternat enthält. Auch hier findet sie Hinweise auf ungewöhnliche Finanztransaktionen und Verbindungen zu den Tätern.

„Das passt alles zusammen," denkt sie. „Es gibt definitiv eine tiefere Verstrickung."

Mit einem Stapel neuer Hinweise verlässt Claudia das Archiv und steigt in den Polizeiwagen, einen Mercedes-Benz W123. Sie fährt zurück zum Polizeipräsidium, fest entschlossen, die neuen Informationen mit Svetlana und dem Team zu teilen.

„Das könnte der Durchbruch sein," murmelt sie, während sie den Wagen durch die Straßen von Witten lenkt. „Wir kommen der Wahrheit immer näher."

Im Präsidium angekommen, trifft sie Svetlana in deren Büro an. „Ich habe etwas gefunden," sagt Claudia und breitet die Kopien auf dem Schreibtisch aus. „Schau dir das an. Die Verbindungen sind eindeutig."

Svetlana nickt, während sie die Dokumente durchblättert. „Gute Arbeit, Claudia. Das bringt uns einen großen Schritt weiter."

„Wir müssen diese Informationen jetzt verarbeiten und in unsere Ermittlungen einfließen lassen," sagt Claudia. „Es wird Zeit, dass wir diese Leute zur Rechenschaft ziehen."

„Auf jeden Fall," stimmt Svetlana zu. „Lass uns keine Zeit verlieren. Wir sind auf der richtigen Spur."

Gemeinsam beginnen sie, die neuen Hinweise zu analysieren und die nächsten Schritte zu planen. Die Netzwerke der Täter werden immer klarer, und das Team ist fest entschlossen, die Wahrheit ans Licht zu bringen und Gerechtigkeit für die Opfer zu erreichen.

Kapitel 28: Der fünfte Mord (Svetlana Elendt)

Es ist früh am Morgen, als Svetlana Elendt im Lutherpark ankommt. Ihr spinatgrüner Citroën CX parkt am Rand des Parks, und sie steigt aus, um die Szene zu betreten. Der Park ist still, nur das Rascheln der Blätter und das Zwitschern der Vögel sind zu hören. Doch heute liegt eine unheimliche Atmosphäre in der Luft.

Svetlana nähert sich der Absperrung, die die Polizei bereits errichtet hat. Friedhelm Grünklotz liegt tot auf dem feuchten Gras, sein Gesicht ist von Qualen verzerrt. Der Anblick ist erschreckend und erinnert sie sofort an die anderen Morde. Die gleiche grausame Handschrift, die gleiche Art der Zwangsfütterung.

„Das darf doch nicht wahr sein," murmelt Svetlana, während sie die Szene begutachtet. Sie zieht ihre Handschuhe an und beginnt, die Umgebung sorgfältig zu untersuchen. Ihr Team dokumentiert alles mit Kameras, während Fingerabdrücke genommen werden. Jeder kleinste Hinweis könnte entscheidend sein.

„Er war der Schulleiter des Internats," denkt sie laut. „Das kann kein Zufall sein."

Svetlana kniet sich neben den Leichnam und betrachtet die Spuren an seinem Körper. Die gleichen Symptome wie bei den anderen Opfern – aufgeblähter Bauch, Anzeichen von gewaltsamer Zwangsfütterung. Sie weiß, dass sie hier mit demselben Täter zu tun haben.

„Wir müssen alle Fingerabdrücke sichern," sagt sie zu einem der forensischen Techniker. „Jede Kleinigkeit könnte uns weiterhelfen."

Die Medien haben dem Täter inzwischen einen Namen gegeben: „Der Zwangsfütterer von Witten". Svetlana spürt den Druck, der auf ihr lastet. Die Stadt hat Angst, und die Menschen erwarten Antworten.

„Ich werde nicht zulassen, dass dieser Wahnsinn weitergeht," murmelt sie entschlossen. „Wir werden ihn finden und zur Rechenschaft ziehen."

Ihr Blick fällt auf eine kleine, unscheinbare Spur im Gras. „Was haben wir denn hier?" Sie hebt eine winzige Plastiktüte auf, die halb im Boden vergraben ist. In der Tüte befinden sich Reste von Lebensmitteln – möglicherweise ein Hinweis darauf, was Friedhelm gezwungen wurde zu essen.

„Das ist ein wichtiger Fund," sagt sie zu ihrem Kollegen Martin Großkugel, der inzwischen ebenfalls eingetroffen ist. „Wir müssen das sofort ins Labor bringen."

„Verstanden," antwortet Martin. „Ich kümmere mich darum."

Svetlana erhebt sich und schaut sich um. Der Park wirkt idyllisch, aber heute ist er Schauplatz eines grausamen Verbrechens. „Was zum Teufel treibt diese Leute an?" fragt sie sich.

Während das Team weiterarbeitet, zieht Svetlana sich kurz zurück, um die Informationen zu verarbeiten. Die Verbindung zwischen den Opfern wird immer klarer, und sie weiß, dass sie die Puzzleteile nur noch richtig zusammensetzen müssen.

„Es wird Zeit, dass wir diesen Wahnsinn beenden," sagt sie entschlossen und geht zurück zu ihrem Team. „Lasst uns keine Zeit verlieren. Wir sind ihnen dicht auf den Fersen."

Mit neuer Entschlossenheit steigt sie wieder in ihren Citroën und fährt zurück zum Polizeipräsidium, um die nächsten Schritte zu planen. Die Jagd nach dem „Zwangsfütterer von Witten" geht weiter, und Svetlana weiß, dass sie bald Antworten finden wird.

Kapitel 29: Der versteckte Raum (Sandra Trifftsicher)

Es ist ein grauer, nebliger Morgen, als Sandra Trifftsicher vor dem Korpus-Gesamtikus-Sonderschulinternat ankommt. Der Polizeiwagen, ein Mercedes-Benz W123, parkt direkt vor dem Eingang. Sandra steigt aus und fühlt sofort die bedrückende Atmosphäre, die über dem Gebäude hängt.

„Das hier ist kein gewöhnlicher Ort," murmelt sie, während sie ihre Taschenlampe aus dem Wagen holt und sich auf den Weg ins Gebäude macht. Die anderen Beamten folgen ihr, ebenso wie die Sanitäter mit einem Mercedes-Krankenwagen.

Im Inneren des Internats herrscht eine unheimliche Stille. Sandra spürt, wie ihr Herz schneller schlägt, als sie den Keller betritt. „Hier muss irgendwo ein versteckter Raum sein," sagt sie leise zu sich selbst und beginnt, die Wände abzusuchen.

Plötzlich stößt ihre Taschenlampe auf eine ungewöhnliche Vertiefung in der Wand. „Da ist was," ruft sie den anderen zu. Mit vereinten Kräften gelingt es ihnen, eine verborgene Tür zu öffnen, die in einen dunklen Raum führt.

„Bereit?" fragt Sandra, während sie die Taschenlampe auf den dunklen Raum richtet.

„Bereit," antworten die Beamten und die Sanitäter nicken entschlossen.

Als sie den Raum betreten, erfasst sie ein Anblick des Grauens. Barbara Unbequem und Dieter Rewaldi sitzen zusammengekauert in einer Ecke, ihre Augen weit aufgerissen vor Angst. Die Wände sind kahl, der Raum wirkt trostlos und kalt.

„Barbara, Dieter, wir sind hier, um euch zu helfen," sagt Sandra
beruhigend, während sie sich vorsichtig nähert.

Barbara hebt ihren Kopf und schaut Sandra mit tränenüberströmtem
Gesicht an. „Bitte, helfen Sie uns," flüstert sie.

Dieter stöhnt laut auf und krümmt sich vor Schmerzen. „Mein Arm…
sie haben meinen Arm gebrochen," stöhnt er unter Tränen.

„Wir bringen euch sofort ins Krankenhaus," sagt Sandra und gibt den
Sanitätern ein Zeichen, sich um die beiden Kinder zu kümmern.
Vorsichtig werden sie auf Tragen gelegt und zum Krankenwagen
gebracht.

„Hier ist noch mehr," sagt einer der Beamten und zeigt auf einige
Papiere und Gegenstände, die in einer Ecke des Raumes verstreut
liegen. Sandra kniet sich hin und beginnt, die beunruhigenden Hinweise
zu durchsuchen. Es sind handschriftliche Notizen, Pläne und Fotos, die
auf die Aktivitäten der Entführer hinweisen.

„Das sind Beweise," murmelt Sandra. „Das wird uns helfen, sie zu
fassen."

Während die Sanitäter Barbara und Dieter in den Krankenwagen
bringen, bleibt Sandra zurück, um die Beweise zu sichern. Sie nimmt
alles mit, was sie finden kann, und macht sich dann auf den Weg nach
draußen.

„Hanni und Herbert sind hier nicht," sagt sie zu einem der Beamten.
„Wir müssen weiter suchen."

„Wir durchsuchen das ganze Internat," antwortet der Beamte entschlossen. „Wir werden sie finden."

Sandra nickt und verlässt den Keller. Draußen herrscht reges Treiben. Die Sanitäter kümmern sich um die verletzten Kinder, und die Beamten bereiten sich darauf vor, das Gebäude weiter zu durchsuchen.

„Wir sind auf der richtigen Spur," denkt Sandra, während sie in ihren Polizeiwagen steigt. „Wir werden diese Monster zur Strecke bringen."

Mit festem Blick und neuer Entschlossenheit fährt sie zurück zum Polizeipräsidium, bereit, die neuen Hinweise zu analysieren und die nächste Phase der Ermittlungen zu planen. Die Jagd nach den Entführern geht weiter, und Sandra weiß, dass sie ihnen immer näher kommt.

Kapitel 30: Die entscheidende Entdeckung (Dr. Gudrun Fleischwurst)

Es ist später Nachmittag, als Dr. Gudrun Fleischwurst im Gerichtsmedizinischen Institut in Witten ankommt. Der Fund aus dem versteckten Raum im Korpus-Gesamtikus-Sonderschulinternat lastet schwer auf ihren Schultern. Sie weiß, dass die Analyse dieser Gegenstände entscheidend sein könnte, um die Täter zu fassen.

„Na dann mal los," murmelt sie, während sie sich ihren Kittel überzieht und die Beweismaterialien auf dem Labortisch ausbreitet. Die Mikroskope sind bereits eingestellt, und sie beginnt sofort mit der Untersuchung der Gegenstände.

Der erste Schritt ist die Fingerabdruckanalyse. Mit geschulten Handgriffen nimmt sie Abdrücke von den Oberflächen der Papiere und Gegenstände. „Wenn wir Glück haben, finden wir hier etwas," sagt sie leise zu sich selbst.

Während sie die Abdrücke analysiert, fällt ihr Blick auf eine kleine, fast unauffällige Notiz. „Was haben wir denn hier?" murmelt sie und betrachtet die Notiz unter dem Mikroskop. Es ist eine handgeschriebene Liste mit Namen und Daten, die scheinbar keine Verbindung zu den bisherigen Hinweisen haben.

„Interessant," denkt sie und scannt die Notiz sorgfältig ein. Die Namen sind ihr nicht vertraut, aber die Daten könnten Hinweise auf geplante Aktionen der Täter sein.

Weiter geht es mit der Untersuchung eines kleinen, metallischen Gegenstands, der ebenfalls im Raum gefunden wurde. Unter dem

Mikroskop entdeckt sie winzige Gravuren und Abnutzungsspuren. „Das könnte ein Schlüssel sein," denkt sie. „Aber wofür?"

Sie macht eine detaillierte Aufnahme des Schlüssels und notiert ihre Beobachtungen. „Vielleicht ein Schlüssel zu einem weiteren Versteck," murmelt sie. „Oder zu einem Schließfach?"

Als nächstes widmet sie sich den Fotos, die im Raum gefunden wurden. Die Bilder zeigen verschiedene Orte und Personen, die scheinbar keine direkte Verbindung zu den bisherigen Opfern haben. Doch dann sticht ihr ein Detail ins Auge: Auf einem der Fotos ist im Hintergrund das Logo einer Firma zu sehen. „WittenPharma AG," liest sie. „Das ist interessant."

Gudrun notiert sich die Details und entscheidet, die Fotos mit dem Team zu besprechen. „Vielleicht haben wir hier einen neuen Ansatzpunkt," denkt sie und sammelt alle Beweise sorgfältig zusammen.

Nachdem sie die ersten Analysen abgeschlossen hat, macht sie eine Pause und setzt sich an ihren Schreibtisch. „Wir sind ihnen auf der Spur," sagt sie zu sich selbst. „Diese Hinweise könnten der Durchbruch sein."

Sie greift zum Telefon und wählt die Nummer von Svetlana. „Svetlana, ich habe hier etwas, das du dir ansehen solltest," sagt sie, als Svetlana abhebt. „Ich glaube, wir sind auf der richtigen Spur."

„Ich komme sofort," antwortet Svetlana entschlossen. „Danke, Gudrun."

Mit einem Lächeln legt Gudrun auf und schaut noch einmal auf die Beweismaterialien vor ihr. „Wir kriegen sie," murmelt sie. „Das hier ist der Schlüssel."

Sie bereitet alles für die Besprechung mit Svetlana und dem Team vor. Die Beweise müssen sorgfältig durchgegangen werden, und jeder Hinweis könnte entscheidend sein. Mit neuem Elan und Entschlossenheit macht sich Gudrun an die weitere Arbeit. Die Jagd nach den Tätern geht weiter, und sie weiß, dass sie ihnen immer näher kommen.

Kapitel 31: Ein unerwarteter Verbündeter (Svetlana Elendt)

Es ist früher Abend, als Svetlana Elendt im Polizeipräsidium Witten ankommt. Die Stimmung im Team ist angespannt, aber es gibt einen Funken Hoffnung. Ein ehemaliger Mitarbeiter der WittenPharma AG hat sich gemeldet und will mit Svetlana sprechen.

„Das könnte unser Durchbruch sein," denkt sie, während sie durch die Flure eilt. Sie betritt den Verhörraum, wo der Mann bereits wartet. Er sieht nervös aus, seine Hände zittern leicht.

„Guten Abend, ich bin Svetlana Elendt," stellt sie sich vor und setzt sich ihm gegenüber. „Wie kann ich Ihnen helfen?"

Der Mann räuspert sich und beginnt zu sprechen. „Ich war viele Jahre bei WittenPharma AG angestellt. In den letzten Monaten habe ich Dinge gesehen, die mir keine Ruhe lassen. Illegale Aktivitäten, geheime Experimente... Ich kann das nicht länger für mich behalten."

Svetlana spürt, dass er es ernst meint. „Erzählen Sie mir alles," fordert sie ihn auf. „Je mehr wir wissen, desto besser können wir die Verantwortlichen zur Rechenschaft ziehen."

Der Mann erzählt von geheimen Laboren, in denen an Menschen experimentiert wurde, von illegalen Medikamenten, die ohne Zulassung auf den Markt gebracht wurden, und von Bestechungen und Vertuschungen auf höchster Ebene. Svetlana hört aufmerksam zu und macht sich Notizen.

„Das ist unglaublich wichtig," sagt sie, als er endet. „Sind Sie bereit, vor Gericht auszusagen? Ihre Informationen könnten den Unterschied machen."

Er zögert, sieht sie dann aber entschlossen an. „Ja, ich bin bereit," antwortet er. „Aber ich habe Angst. Was, wenn sie mir etwas antun?"

Svetlana lehnt sich vor und legt ihm eine Hand auf die Schulter. „Ich verstehe Ihre Sorgen," sagt sie. „Aber ich versichere Ihnen, dass wir alles tun werden, um Sie zu schützen. Ihre Aussage könnte vielen Menschen helfen und diese Verbrecher stoppen."

Der Mann nickt langsam. „In Ordnung," sagt er. „Ich werde aussagen."

Svetlana lächelt ermutigend. „Gut," sagt sie. „Wir werden jetzt eine offizielle Aussage aufnehmen. Es ist wichtig, dass wir alle Details festhalten."

Sie holt ein einfaches Aufnahmegerät hervor und stellt es auf den Tisch. „Können Sie bitte noch einmal alles von Anfang an erzählen?" fragt sie, als sie das Gerät einschaltet.

Der Mann beginnt erneut zu erzählen, diesmal detailreicher und präziser. Svetlana stellt zwischendurch Fragen, um Unklarheiten zu beseitigen und wichtige Informationen herauszuarbeiten. Die Aufnahme dauert über eine Stunde, doch am Ende haben sie alles Wichtige festgehalten.

„Das war hervorragend," sagt Svetlana, als sie das Gerät ausschaltet. „Wir werden jetzt alles dokumentieren und mit unseren Beweisen abgleichen."

Der Mann wirkt erleichtert. „Danke," sagt er. „Es tut gut, das endlich loszuwerden."

„Sie haben das Richtige getan," versichert Svetlana ihm. „Wir werden Sie auf dem Laufenden halten und alles tun, um Ihre Sicherheit zu gewährleisten."

Nachdem der Mann gegangen ist, bleibt Svetlana noch einen Moment sitzen und geht die Informationen im Kopf durch. „Das könnte der Durchbruch sein," denkt sie. „Jetzt haben wir etwas Handfestes gegen die WittenPharma AG."

Sie steht auf und macht sich auf den Weg zum Besprechungsraum, wo ihr Team auf sie wartet. „Ich habe gute Neuigkeiten," sagt sie, als sie den Raum betritt. „Wir haben einen wichtigen Zeugen und belastende Informationen. Wir sind ihnen auf der Spur."

Mit neuer Energie und Entschlossenheit machen sie sich an die Arbeit. Der Kampf gegen das Netzwerk der Täter geht weiter, aber jetzt haben sie einen entscheidenden Vorteil. Svetlana weiß, dass sie dem Ziel näher sind als je zuvor.

Kapitel 32: Der Plan der Entführer (Marco Huckevoll)

Die Sonne ist schon längst untergegangen, als Svetlana Elendt und ihr Team sich im Verhörraum des Polizeipräsidiums Witten versammeln. Die Luft ist schwer vor Anspannung. Marco Huckevoll und Thomas Angsthase sitzen sich gegenüber, gefesselt und sichtlich nervös.

Svetlana wirft einen kurzen Blick auf das Tonbandgerät, das bereit ist, jedes Wort aufzuzeichnen. „Fangen wir an," sagt sie ruhig und setzt sich Marco gegenüber. „Erzählen Sie uns alles, was Sie wissen."

Marco sieht Svetlana mit kalten Augen an, doch er weiß, dass er keine andere Wahl hat. „Wir haben die Kinder entführt, weil wir Anweisungen von oben hatten," beginnt er. „Die Befehle kamen direkt von Dr. Grauenwurst und Dr. Heiligenschein."

Thomas neben ihm beginnt nervös zu zittern. „Sie sagten, es sei nur ein Geschäft," stammelt er. „Wir sollten die Kinder für ihre Experimente besorgen und dafür bezahlt werden."

„Was genau für Experimente?" fragt Svetlana und fixiert Marco mit ihrem Blick.

„Sie haben an neuen Medikamenten und Therapien gearbeitet," erklärt Marco. „Illegale Tests, ohne dass jemand davon wusste. Die Kinder waren Versuchskaninchen."

Svetlana nickt und macht sich Notizen. „Und was war der Plan für die entführten Kinder?"

„Sie sollten zu verschiedenen Orten gebracht werden," sagt Marco. „Manche in geheime Labore, andere sollten als Druckmittel benutzt werden."

„Was meinen Sie mit Druckmittel?" Svetlana beugt sich vor.

„Um andere Wissenschaftler und Ärzte zu erpressen, die nicht kooperieren wollten," murmelt Thomas. „Wenn sie sich weigerten, wurden ihre Familien bedroht."

Svetlana atmet tief durch. „Und wer ist alles in diesen Plan involviert?"

„Neben Dr. Grauenwurst und Dr. Heiligenschein sind da noch Peter Keinbock und einige hohe Tiere bei WittenPharma," offenbart Marco. „Es ist ein großes Netzwerk."

„Können Sie Namen nennen?" fragt Svetlana weiter.

„Ja," sagt Marco zögernd. „Dr. Lothar Grauenwurst, Dr. Ingrid Heiligenschein, Peter Keinbock und einige andere, deren Namen ich nicht genau kenne. Aber sie alle haben mitgemacht."

Svetlana schaltet das Tonbandgerät aus und lehnt sich zurück. „Danke, Marco. Das war sehr hilfreich," sagt sie. „Wir werden diese Informationen überprüfen."

Marco nickt schweigend, während Thomas neben ihm zu zittern aufhört. „Was passiert jetzt mit uns?" fragt Thomas leise.

„Ihr werdet in Gewahrsam bleiben," antwortet Svetlana. „Aber wir werden eure Kooperation berücksichtigen."

Svetlana verlässt den Verhörraum und schließt die Tür hinter sich. Sie geht den Flur entlang zu ihrem Team, das in einem nahegelegenen Besprechungsraum wartet. „Wir haben sie," sagt sie mit einem entschlossenen Lächeln. „Jetzt können wir die Drahtzieher zur Rechenschaft ziehen."

Die Informationen, die Marco und Thomas preisgegeben haben, sind entscheidend. Svetlana weiß, dass sie jetzt die Beweise haben, die sie brauchen, um die Verantwortlichen zur Strecke zu bringen. Es ist ein bedeutender Schritt in Richtung Gerechtigkeit, aber die Arbeit ist noch nicht getan.

Mit neuer Entschlossenheit macht sich das Team an die Arbeit, um die Hinweise zu verifizieren und die nächsten Schritte zu planen. Die Jagd auf das Netzwerk der Täter geht weiter, und Svetlana ist entschlossen, ihnen das Handwerk zu legen.

Kapitel 33: Der Fall spitzt sich zu (Claudia Donnerfuß)

Die Sonne steht tief am Himmel, als Svetlana Elendt und Claudia Donnerfuß vor den Toren der WittenPharma AG ankommen. Das massive Gebäude wirkt noch einschüchternder in der Dämmerung. Beide steigen aus dem Mercedes-Benz W123, und die Spannung ist greifbar. Sie wissen, dass sie kurz davor stehen, entscheidende Beweise zu finden.

„Bist du bereit?" fragt Svetlana, während sie ihre Ausrüstung überprüft.

Claudia nickt und nimmt eine Taschenlampe in die Hand. „Mehr als bereit. Lass uns das hier zu Ende bringen."

Sie betreten das Gebäude durch einen Seiteneingang, den ihnen ein Informant beschrieben hat. Die Gänge sind dunkel und still, nur das leise Summen der Elektronik ist zu hören. Claudia führt den Weg, ihre Taschenlampe erleuchtet den schmalen Korridor.

„Hier entlang," flüstert sie, als sie an eine verschlossene Tür kommen.

Mit einem Dietrich öffnet Svetlana die Tür und sie betreten einen kleinen Raum, der wie ein Lager aussieht. Regale voller Akten und Laborgeräte säumen die Wände. Claudia geht direkt zu einem großen Aktenschrank und beginnt, die Schubladen zu durchsuchen.

„Hier muss etwas sein," murmelt sie und zieht eine Mappe nach der anderen heraus. „Wir brauchen Beweise für die illegalen Aktivitäten."

Svetlana durchsucht derweil die Regale. Ihre Finger gleiten über verstaubte Fläschchen und Pipetten, bis sie eine Kiste voller Dokumente entdeckt. „Schau mal hier," sagt sie und öffnet die Kiste. „Das könnten die Aufzeichnungen über die Experimente sein."

Claudia eilt zu ihr und gemeinsam sichten sie die Unterlagen. „Das ist es," sagt Claudia aufgeregt. „Hier sind detaillierte Berichte über die Experimente an den Kindern. Namen, Daten, alles."

„Das reicht aus, um sie dran zu kriegen," antwortet Svetlana, während sie die wichtigsten Dokumente in eine Tasche packt. „Aber wir müssen uns beeilen. Wir sind hier nicht sicher."

Gerade als sie sich zum Gehen wenden, hören sie Schritte auf dem Flur. Beide halten den Atem an und lauschen. Die Schritte kommen näher. „Wir müssen hier raus," flüstert Svetlana.

Sie schlüpfen durch die Hintertür und finden sich in einem weiteren Gang wieder. Die Schritte hallen durch die leeren Gänge, aber sie bewegen sich schnell und leise in die entgegengesetzte Richtung. Schließlich erreichen sie einen Ausgang und treten in die frische Luft.

„Das war knapp," sagt Claudia und atmet tief durch.

„Aber wir haben, was wir brauchen," antwortet Svetlana und hält die Tasche mit den Beweisen hoch. „Jetzt bringen wir diese Leute zu Fall."

Sie steigen in den Mercedes-Benz W123 und fahren zurück zum Polizeipräsidium. Die Nacht ist noch jung, und es gibt noch viel zu tun, aber sie sind einen großen Schritt weiter. Die geheimen Aktivitäten der WittenPharma AG sind nun nicht mehr verborgen, und es ist nur eine Frage der Zeit, bis die Verantwortlichen zur Rechenschaft gezogen werden.

Zurück im Präsidium sortieren sie die Dokumente und bereiten sich auf die nächste Phase der Ermittlungen vor. Svetlana weiß, dass es gefährlich wird, aber sie ist entschlossen, bis zum Ende zu kämpfen. Der Fall spitzt sich zu, und die Wahrheit ist näher als je zuvor.

Kapitel 34: Rückschlag (Svetlana Elendt)

Es ist spät in der Nacht, als Svetlana Elendt und ihr Team endlich im Polizeipräsidium Witten ankommen. Sie sind erschöpft, aber zufrieden mit den Beweisen, die sie bei der WittenPharma AG gefunden haben. Der Fund könnte den Fall endgültig zum Abschluss bringen. Svetlana parkt ihren spinatgrünen Citroën CX vor dem Gebäude und steigt aus. Ihre Schritte hallen durch das leere Foyer, als sie das Präsidium betreten.

„Claudia, bring die Dokumente ins Beweisarchiv," sagt Svetlana und deutet auf die Tasche, die Claudia trägt. „Ich informiere die anderen."

Claudia nickt und macht sich auf den Weg. Svetlana geht zum Besprechungsraum, wo einige Kollegen noch über Akten gebeugt sind. „Wir haben wichtige Beweise gefunden," erklärt sie. „Das könnte der Durchbruch sein, den wir brauchen."

Doch noch bevor sie weiterreden kann, ertönt ein lautes Geräusch aus dem Archiv. Svetlana und die anderen Polizisten rennen los. Als sie das Archiv erreichen, finden sie Claudia auf dem Boden, die Tasche mit den Dokumenten ist weg.

„Was ist passiert?" fragt Svetlana atemlos, während sie Claudia auf die Beine hilft.

„Jemand hat mich von hinten angegriffen," stöhnt Claudia. „Sie haben die Beweise gestohlen!"

Panik breitet sich im Raum aus. „Wer war das?" fragt einer der Polizisten. „Wie konnte das passieren?"

Svetlana wirft einen prüfenden Blick in den Raum. „Das muss jemand von uns gewesen sein," murmelt sie. „Jemand, der wusste, dass wir die Beweise hierher bringen."

Die Stimmung wird düster. Die Erkenntnis, dass ein Maulwurf unter ihnen sein könnte, trifft das Team schwer. „Wir müssen sofort alle überwachen und herausfinden, wer das war," sagt Svetlana entschlossen.

Die nächsten Stunden sind hektisch. Jeder Winkel des Archivs und der umliegenden Büros wird durchsucht. Svetlana sitzt vor einem alten Commodore C64 und durchforstet die digitalen Aufzeichnungen nach Hinweisen. Ihre Finger fliegen über die Tasten, doch die Suche erweist sich als mühsam.

„Das bringt nichts," sagt sie frustriert und lehnt sich zurück. „Wir brauchen eine andere Strategie."

Claudia, die sich inzwischen etwas erholt hat, tritt zu ihr. „Was machen wir jetzt?"

„Wir müssen die Überwachungsvideos durchsehen," antwortet Svetlana. „Vielleicht finden wir darauf etwas."

Sie machen sich auf den Weg zur Überwachungszentrale. Dort sitzen sie und starren auf die Monitore, spulen die Aufnahmen zurück und suchen nach verdächtigen Aktivitäten. Die Minuten vergehen quälend langsam.

Plötzlich bleibt das Bild stehen. „Da!" ruft Claudia. „Schau mal, das ist der Moment, als ich angegriffen wurde."

Svetlana beugt sich näher an den Bildschirm. „Das ist eindeutig jemand aus unserem Team," sagt sie leise. „Aber wer?"

Die Gestalt im Video ist schwer zu erkennen, aber eine kleine Bewegung, eine Geste, verrät den Angreifer. „Ich glaube, ich weiß, wer das ist," murmelt Svetlana.

Mit neuer Entschlossenheit macht sich das Team daran, den Verräter zu entlarven. Doch der Verlust der Beweise ist ein harter Rückschlag. Svetlana weiß, dass sie schnell handeln müssen, um den Fall zu retten und die Täter zur Rechenschaft zu ziehen. Die Nacht ist noch lang, und die Jagd hat gerade erst begonnen.

Kapitel 35: Verdächtige im Visier (Martin Großkugel)

Im Polizeipräsidium Witten herrscht hektische Betriebsamkeit. Martin Großkugel sitzt vor einem Commodore C64, die Augen fest auf den Bildschirm gerichtet. Neben ihm stapelt Nesrin Kleinkugel Dokumente und Ausdrucke von Fingerabdrücken, die sie mit dem Fotokopierer angefertigt hat. Beide sind tief in ihre Arbeit vertieft und versuchen, die gestohlenen Beweise zu rekonstruieren und mögliche Verdächtige zu identifizieren.

„Okay, was haben wir hier?" murmelt Martin und tippt schnell auf der Tastatur. „Die gestohlenen Dokumente müssen irgendetwas Wichtiges enthalten haben. Wir müssen herausfinden, wer Zugang dazu hatte."

Nesrin nickt und blättert durch die Papierstapel. „Hier sind die Zugangsdaten zu den Archiven. Es gibt nur eine Handvoll Leute, die in den letzten Tagen dort waren."

Martin druckt eine Liste aus und starrt auf die Namen. „Lass uns jeden einzelnen überprüfen. Wir müssen sicher sein, dass wir niemanden übersehen."

Die beiden arbeiten unermüdlich weiter, als Svetlana Elendt hereinkommt. „Irgendwelche Fortschritte?" fragt sie und sieht die beiden erwartungsvoll an.

„Wir haben eine Liste von Verdächtigen," antwortet Martin. „Es sind nicht viele, aber es ist ein Anfang."

Svetlana nimmt die Liste und überfliegt sie. „Wir müssen diese Leute sofort verhören. Jeder von ihnen könnte der Maulwurf sein."

„Wir sollten auch die Leute von der WittenPharma AG überprüfen," schlägt Nesrin vor. „Es könnte jemand von dort sein, der sich in die Polizei eingeschlichen hat."

Svetlana nickt zustimmend. „Guter Punkt. Wir sollten keine Möglichkeit ausschließen."

Martin druckt weitere Dokumente aus und Nesrin kopiert sie. „Ich werde diese Datenbank hier durchforsten," sagt Martin und deutet auf den Commodore C64. „Vielleicht finden wir noch mehr Hinweise."

Die Zeit vergeht und das Team arbeitet unermüdlich. Die Spannung im Raum ist greifbar. Jeder kleinste Hinweis wird untersucht, jeder Name auf der Liste wird überprüft. Svetlana setzt sich zu Martin und Nesrin und hilft dabei, die Informationen zu sichten.

„Hier, schau mal," sagt Martin plötzlich. „Dieser Name taucht mehrfach auf. Jemand, der sowohl Zugang zum Archiv als auch zu den Laboren der WittenPharma AG hatte."

Svetlana runzelt die Stirn. „Das könnte unser Maulwurf sein. Wir müssen diese Person sofort verhören."

Das Team mobilisiert sich schnell. Polizisten werden losgeschickt, um die Verdächtigen zu holen. Die Nervosität und der Druck steigen, aber die Entschlossenheit, den Verräter zu entlarven, ist stärker.

Die Stunden vergehen und das Präsidium ist in ständiger Bewegung. Verdächtige werden hereingeführt und verhört. Martin und Nesrin überwachen die Fortschritte und geben ständig neue Anweisungen.

„Wir sind nah dran," sagt Svetlana leise, als sie wieder zu Martin tritt. „Ich kann es fühlen. Wir müssen nur dranbleiben."

Martin nickt und tippt weiter auf der Tastatur. „Wir schaffen das. Wir kriegen sie."

Mit vereinten Kräften arbeitet das Team daran, den Maulwurf zu entlarven und die gestohlenen Beweise zurückzubekommen. Die Nacht wird lang, aber die Entschlossenheit von Svetlana und ihrem Team bleibt ungebrochen. Jeder Hinweis, jede Spur wird akribisch verfolgt, und das Netz um den Verräter zieht sich langsam zu.

Kapitel 36: Versteckte Wahrheiten (Dr. Ingrid Heiligenschein)

Im Büro von Dr. Ingrid Heiligenschein bei der WittenPharma AG herrscht drückende Stille. Svetlana Elendt und Claudia Donnerfuß stehen vor dem großen, dunklen Schreibtisch, an dem Ingrid sitzt. Die Luft ist schwer von der Anspannung, und das Summen der alten Leuchtstoffröhre an der Decke verstärkt das unheimliche Gefühl im Raum.

„Dr. Heiligenschein," beginnt Svetlana ruhig, „wir haben neue Beweise gefunden, die Sie mit den Entführungen und Morden in Verbindung bringen." Sie hält eine Mappe hoch, gefüllt mit Dokumenten und Fotos, die in der geheimen Forschungseinrichtung der WittenPharma AG entdeckt wurden.

Ingrids Gesicht bleibt eine Maske der Kälte, doch ihre Augen verraten ihre innere Unruhe. „Ich weiß nicht, wovon Sie sprechen," antwortet sie, ihre Stimme zittert leicht. Sie greift nach einem Stift auf ihrem Schreibtisch, als ob sie etwas zum Festhalten braucht.

Claudia tritt einen Schritt nach vorne und legt einige der Fotos auf den Schreibtisch. „Erkennen Sie diese Geräte? Sie wurden in einem geheimen Labor gefunden, das unter Ihrer Leitung steht. Und diese Dokumente," sie deutet auf die Papiere in der Mappe, „beweisen, dass Sie an illegalen Experimenten beteiligt sind."

Ingrid versucht, ihre Fassung zu bewahren, aber ihre Hände zittern leicht, als sie die Fotos betrachtet. „Das sind gefälschte Beweise," behauptet sie, aber die Unsicherheit in ihrer Stimme ist deutlich zu hören. „Jemand versucht, mich zu Fall zu bringen."

Svetlana lässt sich nicht beirren. „Dr. Heiligenschein, wir wissen, dass Sie lügen. Ihre Geheimnisse sind nicht mehr sicher. Es ist nur eine Frage der Zeit, bis wir alles aufgedeckt haben."

Ingrid steht abrupt auf, der Stuhl kippt fast nach hinten. „Sie wissen gar nichts!" schreit sie, ihre Fassade bricht zum ersten Mal. „Sie haben keine Ahnung, was wirklich vor sich geht!"

Claudia bleibt ruhig. „Dann erklären Sie es uns. Helfen Sie uns, das zu verstehen, was hier vor sich geht."

Ingrid atmet schwer, ihre Augen huschen panisch durch den Raum. Sie greift nach ihrem Schreibtisch und stützt sich darauf ab. „Ich… ich kann nicht…"

„Dr. Heiligenschein," Svetlana tritt näher, ihre Stimme ist ruhig, aber bestimmt, „jede Sekunde, die Sie schweigen, bringt uns dem Beweis Ihrer Schuld näher. Helfen Sie uns jetzt, und vielleicht können wir einen Weg finden, Ihnen zu helfen."

Die Tür des Büros steht einen Spalt weit offen, und draußen im Gang hören die Kollegen die aufgewühlten Stimmen. Das Summen der Leuchtstoffröhre scheint lauter zu werden, als ob es die Spannung im Raum unterstreichen möchte.

„Sie verstehen nicht," flüstert Ingrid schließlich, ihre Stimme bricht. „Es ist zu spät… für alles." Tränen steigen ihr in die Augen, und sie setzt sich wieder hin, als ob alle Kraft aus ihrem Körper weicht.

Svetlana und Claudia tauschen einen kurzen Blick aus, dann setzt sich Svetlana neben Ingrid. „Dann erklären Sie uns, warum es zu spät ist. Geben Sie uns die Wahrheit."

Ingrid beginnt zu sprechen, stockend und unter Tränen. Ihre Worte sind ein Kaleidoskop aus Schuld, Angst und verzweifelter Hoffnungslosigkeit. Die Geheimnisse, die sie so lange bewahrt hat, brechen endlich hervor, enthüllen ein Netz aus Lügen und Verbrechen, das sich tief in die Strukturen der WittenPharma AG eingegraben hat.

Während Ingrid spricht, zeichnet Svetlana jedes Detail in ihrem Kopf auf. Die Wahrheit ist endlich ans Licht gekommen, aber der Kampf ist noch lange nicht vorbei. Die Entdeckungen dieses Tages sind nur der Anfang eines weitaus größeren und gefährlicheren Spiels.

Kapitel 37: Eine entscheidende Wende (Svetlana Elendt)

Im Polizeipräsidium Witten herrscht geschäftiges Treiben. Beamte laufen hin und her, Telefone klingeln ununterbrochen. Svetlana Elendt sitzt an ihrem Schreibtisch und starrt auf einen Stapel Akten. Sie kaut nervös auf einem Bleistift herum, als sie plötzlich eine Eingebung hat. Ein kleiner Hinweis, den sie bisher übersehen hat, scheint jetzt wie ein heller Stern auf ihrem Radar aufzuleuchten.

„Claudia!" ruft Svetlana quer durch das Büro. Claudia Donnerfuß, die gerade mit einem Kollegen spricht, dreht sich um und eilt zu Svetlanas Schreibtisch. „Ich glaube, ich habe was."

„Was hast du gefunden?" fragt Claudia gespannt.

„Hier, schau dir das an." Svetlana zeigt auf eine Notiz in den Akten. „Das hier ist der Schlüssel. Es zeigt eine direkte Verbindung zwischen den Tätern und ihren Motiven. Sie haben alle im selben Zeitraum bei WittenPharma gearbeitet."

Claudia beugt sich vor und studiert die Notiz. „Das ist es! Das könnte der Durchbruch sein, den wir brauchen."

„Genau. Und es gibt noch mehr." Svetlana deutet auf eine andere Seite. „Hier ist eine Liste von Mitarbeitern, die Zugang zu den geheimen Labors hatten. Und rate mal, wer ganz oben auf der Liste steht?"

„Dr. Lothar Grauenwurst," murmelt Claudia. „Natürlich, es ergibt alles Sinn."

Svetlana steht auf und schnappt sich ihre Jacke. „Wir müssen sofort handeln. Lass uns die Verhaftung vorbereiten. Informiere den Staatsanwalt."

Die beiden eilen aus dem Büro, Svetlana geht direkt zu ihrem spinatgrünen Citroën CX. Sie startet den Motor und wartet, bis Claudia eingestiegen ist, bevor sie losfahren.

„Das ist unsere Chance," sagt Svetlana, während sie durch die Straßen von Witten fährt. „Wenn wir Grauenwurst jetzt fassen, können wir das gesamte Netzwerk zerschlagen."

Claudia nickt. „Wir müssen nur sicherstellen, dass wir alles haben, was wir brauchen. Keine Fehler."

Sie erreichen das Wohnhaus von Dr. Grauenwurst und sehen bereits mehrere Polizeiwagen vor dem Haus stehen. Beamte in Uniform und Zivil stehen bereit, um die Verhaftung durchzuführen.

„Da sind wir," sagt Svetlana und parkt den Wagen. „Sei bereit."

Sie steigen aus und gehen direkt zu dem leitenden Beamten. „Sind alle bereit?" fragt Svetlana.

„Ja, wir warten nur auf Ihr Signal," antwortet der Beamte.

Svetlana atmet tief durch und nickt. „Dann los."

Die Beamten stürmen das Haus, während Svetlana und Claudia folgen. Dr. Grauenwurst wird überrascht und versucht zu fliehen, doch die

Polizisten überwältigen ihn schnell. Er wird in Handschellen abgeführt, während Svetlana sich umschaut.

„Hier müssen irgendwo die Beweise sein," murmelt sie und beginnt, die Zimmer zu durchsuchen. Schließlich stößt sie auf ein geheimes Fach im Schreibtisch von Grauenwurst, das mit Dokumenten und Fotos gefüllt ist.

„Hier sind sie," ruft sie Claudia zu. „Das sind die Beweise, die wir brauchen."

Claudia tritt näher und sieht sich die Papiere an. „Das ist der entscheidende Beweis. Das wird ihn und seine Komplizen für lange Zeit hinter Gitter bringen."

Svetlana lächelt zufrieden. „Wir haben es geschafft. Endlich."

Mit Grauenwurst in Gewahrsam und den Beweisen in der Hand haben Svetlana und ihr Team eine große Hürde überwunden. Doch sie wissen, dass noch viele Fragen offen sind und weitere Entdeckungen auf sie warten. Der Fall ist noch nicht abgeschlossen, aber sie sind dem Ziel, die Gerechtigkeit wiederherzustellen, einen großen Schritt näher gekommen.

Kapitel 38: Das Versteck der Täter (Sandra Trifftsicher)

Das Polizeipräsidium Witten ist in Aufruhr. Überall herrscht hektisches Treiben. Beamte bereiten sich auf den bevorstehenden Einsatz vor, checken Ausrüstung und besprechen letzte Details. Sandra Trifftsicher steht an einem Tisch, auf dem eine Karte von Witten ausgebreitet liegt. Sie deutet auf einen markierten Punkt.

„Hier ist es," sagt sie und schaut in die Runde ihrer Kollegen. „Das ist das Hauptversteck der Täter. Wir müssen schnell und präzise vorgehen."

Svetlana Elendt tritt näher und nickt. „Wir haben nur eine Chance. Alles muss perfekt laufen. Sind die Überwachungsgeräte bereit?"

„Ja, alle Geräte sind getestet und funktionsfähig," bestätigt Martin Großkugel, der neben einem Tisch mit Überwachungstechnik steht. „Wir haben Funkgeräte und einfache Kameras. Alles ist vorbereitet."

Svetlana wirft einen Blick auf ihre Uhr. „Gut. Wir treffen uns in zehn Minuten draußen. Jeder weiß, was zu tun ist."

Die Beamten verlassen den Raum und bereiten sich vor. Sandra zieht ihre Schutzweste an und überprüft ihr Funkgerät. Sie ist angespannt, aber fokussiert. Als sie den Flur entlanggeht, trifft sie auf Claudia Donnerfuß, die ebenfalls bereit ist.

„Bereit?" fragt Claudia.

„Bereit," antwortet Sandra entschlossen. „Lass uns das erledigen."

Draußen steht Svetlanas spinatgrüner Citroën CX neben mehreren Polizeiwagen, darunter ein Mercedes-Benz W123. Die Teams steigen in die Fahrzeuge, und Svetlana nimmt wie immer den Platz hinter dem Steuer ihres Wagens ein. Claudia sitzt neben ihr und hält das Funkgerät bereit.

„Los geht's," sagt Svetlana, startet den Motor und fährt los. Die Kolonne setzt sich in Bewegung und bahnt sich ihren Weg durch die Straßen von Witten.

Nach einer kurzen Fahrt erreichen sie das Ziel, ein verlassenes Gebäude am Rande der Stadt. Die Polizisten steigen aus und nehmen ihre Positionen ein. Sandra führt das Team an, ihr Herz schlägt schnell, aber sie bleibt ruhig und konzentriert.

„Positionen einnehmen," flüstert sie ins Funkgerät. „Warten auf mein Signal."

Die Spannung ist fast greifbar, als die Beamten ihre Plätze einnehmen und die Umgebung sichern. Sandra gibt ein kurzes Nicken an Svetlana, die mit Claudia etwas abseits steht und das Geschehen beobachtet.

„Jetzt," flüstert Sandra und gibt das Signal.

Mit einem lauten Krachen brechen die Türen auf, und die Polizisten stürmen in das Gebäude. Drinnen ist es dunkel und unheimlich. Die Strahlen der Taschenlampen durchbrechen die Dunkelheit, als sie die Räume durchsuchen. Jeder Winkel wird kontrolliert.

„Hier drüben!" ruft ein Beamter und deutet auf eine Tür, die zum Keller führt.

Sandra und ihr Team folgen dem Ruf und öffnen die schwere Tür. Ein muffiger Geruch schlägt ihnen entgegen. Langsam steigen sie die knarrenden Treppen hinunter. Im Keller finden sie einen Raum, der eindeutig als Versteck der Täter dient. Überall liegen Notizen, Karten und Fotos herum. Die Beweise sind überwältigend.

„Das ist es," sagt Sandra, während sie die Dokumente durchsucht. „Wir haben sie."

Svetlana tritt näher und betrachtet die Funde. „Das sind die Beweise, die wir brauchen. Das wird sie alle überführen."

Die Spannung löst sich ein wenig, als klar wird, dass sie einen wichtigen Schritt in den Ermittlungen gemacht haben. Doch sie wissen, dass es noch viel Arbeit gibt und weitere Gefahren lauern könnten.

„Gute Arbeit, Leute," sagt Svetlana und klopft Sandra auf die Schulter. „Aber wir dürfen jetzt nicht nachlassen. Es ist noch nicht vorbei."

Mit den neuen Beweisen im Gepäck kehrt das Team zum Polizeipräsidium zurück. Die Nacht ist noch jung, und die Ermittlungen gehen weiter. Doch für einen Moment können sie aufatmen und wissen, dass sie auf dem richtigen Weg sind, die Täter endgültig zur Strecke zu bringen.

Kapitel 39: Die Razzia (Svetlana Elendt)

Der Morgen graut, und das Team versammelt sich vor dem versteckten Versteck der Täter. Es herrscht gespannte Stille, nur das leise Knistern der Funkgeräte und das entfernte Summen der Stadt sind zu hören. Svetlana Elendt steht neben ihrem spinatgrünen Citroën CX und überprüft zum letzten Mal ihre Ausrüstung. Die Spannung ist fast greifbar.

„Seid ihr alle bereit?" fragt sie und sieht ihr Team an. Claudia Donnerfuß, Sandra Trifftsicher, Martin Großkugel und Nesrin Kleinkugel nicken entschlossen.

„Los geht's," sagt Svetlana und gibt das Signal.

Die Türen der Polizeiwagen, darunter ein Mercedes-Benz W123, öffnen sich gleichzeitig, und die Polizisten strömen heraus. Sie bewegen sich leise und koordiniert, ihre Überwachungsgeräte und Funkgeräte bereit. Svetlana führt die Gruppe an, ihr Herz schlägt schnell, aber sie bleibt fokussiert.

„Jeder weiß, was zu tun ist," flüstert sie ins Funkgerät. „Kein unnötiges Risiko eingehen."

Mit einem kurzen Nicken signalisiert sie den Einsatzbeginn. Die Polizisten umstellen das Gebäude, nehmen ihre Positionen ein und warten auf das Zeichen. Sandra ist die Erste, die die Tür aufbricht. Mit einem lauten Krachen gibt das Holz nach, und sie stürmen hinein.

Drinnen herrscht Chaos. Die Täter sind überrascht und versuchen, sich zu wehren, aber das Team ist gut vorbereitet. Svetlana bewegt sich durch die dunklen Gänge, ihre Taschenlampe in der einen, das

Funkgerät in der anderen Hand. Jeder Raum wird systematisch durchsucht.

„Hier drüben!" ruft Claudia und deutet auf einen verschlossenen Raum.

Mit vereinten Kräften öffnen sie die Tür und entdecken mehrere Verdächtige, die sich zu verstecken versuchen. Die Polizisten drängen sie zu Boden und legen ihnen Handschellen an. Svetlana bleibt wachsam und durchsucht den Raum nach Beweisen. Überall liegen Dokumente, Geld und Waffen verstreut.

„Wir haben sie," sagt Sandra triumphierend, als sie einen der Hauptverdächtigen identifiziert.

Svetlana durchsucht schnell die Dokumente und findet mehrere belastende Beweise. „Das sind die Informationen, die wir brauchen. Gute Arbeit, alle zusammen."

Während die Verdächtigen abgeführt werden, durchsucht das Team weiterhin das Gebäude. Sie sichern Computer, Notizen und weitere Gegenstände, die zur Aufklärung des Falls beitragen könnten. Martin und Nesrin kümmern sich um die technische Sicherung der Beweise.

„Das ist ein großer Schritt nach vorne," sagt Svetlana, als sie die Beweise durchgeht. „Aber wir dürfen uns nicht ausruhen. Es gibt noch mehr herauszufinden."

Zurück im Polizeipräsidium wird das Material katalogisiert und analysiert. Svetlana setzt sich an ihren Schreibtisch und beginnt sofort, die gesammelten Informationen zu sortieren. Ihre Entschlossenheit und ihr scharfer Verstand sind jetzt mehr gefragt denn je.

„Wir haben einen Durchbruch erzielt, aber die Arbeit ist noch lange nicht vorbei," sagt sie zu Claudia, die neben ihr sitzt und Notizen macht.

„Wir schaffen das," antwortet Claudia und klopft Svetlana auf die Schulter. „Gemeinsam kriegen wir sie."

Die Nacht ist lang, und das Team arbeitet unermüdlich weiter. Jeder Hinweis wird sorgfältig geprüft, jede Spur verfolgt. Svetlana weiß, dass sie dicht dran sind, aber sie bleibt wachsam. Die Täter sind gefährlich, und es gibt noch viel zu tun, um sie endgültig zur Strecke zu bringen.

Kapitel 40: Verhöre und Enthüllungen (Dr. Gudrun Fleischwurst)

Der Tag beginnt früh im Polizeipräsidium Witten. Svetlana Elendt sitzt an ihrem Schreibtisch und blickt auf die Tonbandgeräte, die bereitstehen, um die Verhöre der festgenommenen Täter aufzuzeichnen. Das Team ist angespannt, aber entschlossen, die Wahrheit ans Licht zu bringen.

Dr. Gudrun Fleischwurst betritt den Raum, ihre Miene ist ernst. „Svetlana, die forensischen Beweise sind eindeutig. Die Verbindungen sind klar, aber wir brauchen die Geständnisse."

Svetlana nickt. „Wir holen sie uns. Jeder Hinweis zählt." Sie nimmt ihr Notizbuch und bereitet sich vor.

Der erste Verdächtige, ein Mann mittleren Alters mit nervösem Blick, wird in den Verhörraum gebracht. Svetlana beginnt das Verhör mit ruhiger, aber bestimmter Stimme. „Wir wissen, dass Sie eine Rolle bei den Entführungen und Morden gespielt haben. Je mehr Sie kooperieren, desto besser für Sie."

Der Mann zögert, sein Blick wandert nervös hin und her. „Ich... ich hatte keine Wahl. Sie haben mir gedroht."

„Wer sind ‚sie'?" fragt Svetlana scharf nach und lehnt sich vor.

„Dr. Grauenwurst und Heiligenschein," murmelt der Mann. „Sie haben alles geplant. Ich war nur ein kleiner Fisch."

Svetlana nickt und gibt dem Mann ein wenig Raum, um weiterzureden. „Erzählen Sie uns mehr. Was genau haben Sie getan?"

Langsam beginnt der Mann zu sprechen, und die Tonbandgeräte zeichnen jedes Wort auf. Er gibt detaillierte Informationen über die Treffen, die Befehle und die Rolle, die er im Netzwerk spielte. Svetlana schreibt alles auf, jede noch so kleine Information könnte der Schlüssel sein.

Währenddessen befragt Claudia Donnerfuß einen anderen Verdächtigen im benachbarten Raum. Dr. Gudrun Fleischwurst unterstützt sie und stellt gezielte Fragen, die auf den forensischen Beweisen basieren. „Ihre Fingerabdrücke wurden am Tatort gefunden. Erklären Sie das," fordert Claudia.

Der Verdächtige, ein jüngerer Mann, versucht sich herauszureden, aber Claudia bleibt hartnäckig. Schließlich bricht er zusammen und gesteht, dass er für die Überwachung und die Organisation der Entführungen zuständig war. „Ich habe nur Befehle befolgt," stammelt er.

Zur gleichen Zeit überprüft Martin Großkugel die neuesten Computerauswertungen im Hauptbüro. Er entdeckt, dass einige der festgenommenen Täter in direktem Kontakt mit hochrangigen Mitarbeitern der WittenPharma AG standen. „Svetlana, wir haben eine Verbindung zu den höheren Etagen. Das geht tiefer, als wir dachten," sagt er über das Funkgerät.

„Gute Arbeit, Martin. Wir müssen weiter graben," antwortet Svetlana und geht zurück in den Verhörraum.

Der nächste Verdächtige, eine Frau, die als Mittelsfrau fungiert hat, sitzt bereits auf dem Verhörstuhl. Svetlana stellt sich ihr gegenüber und beginnt das Verhör. „Sie haben die Kommunikation zwischen den Haupttätern und den Handlangern organisiert. Erzählen Sie uns alles, was Sie wissen."

Die Frau zögert zunächst, aber schließlich beginnt sie zu sprechen. Sie beschreibt detailliert die Abläufe und wie die Befehle von Dr. Grauenwurst und Heiligenschein weitergeleitet wurden. Ihre Informationen sind wertvoll und bringen das Team einen großen Schritt weiter.

Nach Stunden intensiver Verhöre und Datenauswertung setzen sich Svetlana und ihr Team zusammen, um die neuen Erkenntnisse zu besprechen. „Wir kommen der Wahrheit immer näher," sagt Svetlana entschlossen. „Aber wir dürfen jetzt nicht nachlassen. Es gibt noch viel zu tun."

„Wir schaffen das," sagt Claudia ermutigend. „Zusammen werden wir diese Verbrecher zur Strecke bringen."

Der Tag endet spät, und das Team verlässt das Präsidium erschöpft, aber mit neuem Mut. Sie wissen, dass sie auf dem richtigen Weg sind und dass die Täter bald zur Rechenschaft gezogen werden. Die Ermittlungen gehen weiter, und Svetlana ist entschlossener denn je, die Wahrheit ans Licht zu bringen und die Gerechtigkeit siegen zu lassen.

Kapitel 41: Der Maulwurf (Claudia Donnerfuß)

Das Polizeipräsidium in Witten ist heute besonders angespannt. Claudia Donnerfuß und Sandra Trifftsicher sitzen zusammen in einem kleinen Büro, vor sich einfache Computer, die Commodore C64. Sie haben stundenlang die Daten durchforstet, die Aufzeichnungen überprüft und sind nun einem Verdacht auf der Spur.

„Hier, schau mal," sagt Claudia und deutet auf den Bildschirm. „Diese Datenzugriffe passen nicht. Jemand hat Informationen weitergeleitet, die nur intern zugänglich sind."

Sandra nickt. „Das kann nur jemand von hier sein. Wir müssen herausfinden, wer es ist."

Sie arbeiten weiter, überprüfen die Zugriffsprotokolle und vergleichen sie mit den Dienstplänen. Jede noch so kleine Abweichung wird notiert. Schließlich finden sie eine Übereinstimmung. Ein Name taucht immer wieder auf, jemand, dem sie bisher vertraut haben.

„Das ist nicht möglich," murmelt Claudia. „Er ist schon so lange dabei."

„Aber die Beweise sprechen für sich," entgegnet Sandra. „Wir müssen handeln."

Claudia und Sandra machen sich auf den Weg zu Svetlana Elendt, die gerade mit anderen Ermittlern im Hauptbüro sitzt. „Svetlana, wir haben etwas gefunden," sagt Claudia, während sie den Raum betritt.

Svetlana schaut auf. „Was habt ihr?"

„Es sieht so aus, als wäre Markus, unser Kollege, der Maulwurf," erklärt Claudia. „Die Zugriffsprotokolle und seine Dienstzeiten stimmen überein."

Svetlana ist für einen Moment sprachlos. „Markus? Das hätte ich nie gedacht. Aber wenn die Beweise klar sind, müssen wir handeln."

Gemeinsam bereiten sie sich vor. Claudia und Sandra nehmen ihre Aufnahmegeräte und machen sich auf den Weg zu Markus' Büro. Sie wissen, dass sie vorsichtig sein müssen. Wenn Markus merkt, dass sie ihm auf die Schliche gekommen sind, könnte er fliehen oder Beweise vernichten.

Sie klopfen an seine Tür und treten ein. Markus sitzt an seinem Schreibtisch und sieht auf, als sie hereinkommen. „Was gibt's?" fragt er beiläufig.

„Markus, wir müssen mit dir reden," sagt Claudia ernst. „Es gibt da einige Dinge, die geklärt werden müssen."

Markus wirkt nervös. „Worum geht's?"

„Wir haben Beweise gefunden, die darauf hindeuten, dass du Informationen an die Täter weitergegeben hast," sagt Sandra direkt. „Wir müssen dich festnehmen."

Markus steht abrupt auf. „Das ist ein Irrtum! Ich habe nichts getan!" Doch seine Nervosität und die Schweißperlen auf seiner Stirn verraten ihn.

Claudia bleibt ruhig. „Setz dich hin, Markus. Wir wollen dir eine Chance geben, dich zu erklären."

Er zögert, setzt sich dann aber widerwillig. Die Aufnahmegeräte sind bereit, und Claudia beginnt mit dem Verhör. „Warum hast du es getan?"

Markus zögert. „Ich… ich hatte Schulden. Sie haben mir Geld angeboten, viel Geld. Ich wusste nicht, dass es so weit gehen würde."

Claudia und Sandra nehmen jede Aussage auf. Die Beweise sind erdrückend, und Markus weiß, dass er keine Chance hat. Schließlich bricht er zusammen und gesteht alles.

„Es tut mir leid," sagt er leise. „Ich wollte das alles nicht. Ich wollte nur aus den Schulden rauskommen."

Claudia schüttelt den Kopf. „Das entschuldigt nichts. Du hast Menschenleben aufs Spiel gesetzt."

Markus wird abgeführt, und Svetlana informiert die anderen im Team. „Wir haben den Maulwurf. Jetzt können wir sicher sein, dass unsere Ermittlungen nicht mehr sabotiert werden."

Die Stimmung im Team ist gemischt. Erleichterung, dass der Verräter gefasst ist, aber auch Enttäuschung und Wut über den Verrat eines Kollegen. Svetlana weiß, dass dies ein wichtiger Schritt war, um die Täter endgültig zu fassen und die Gerechtigkeit wiederherzustellen.

Die Ermittlungen gehen weiter, jetzt ohne die ständige Angst vor einem Verräter in den eigenen Reihen. Das Team ist entschlossener denn je, den Fall zu lösen und die Verantwortlichen zur Rechenschaft zu ziehen.

Kapitel 42: Ein unerwartetes Geständnis (Svetlana Elendt)

Im Polizeipräsidium Witten herrscht angespannte Stille. Svetlana Elendt sitzt im Verhörraum, vor ihr ein Tonbandgerät. Sie wartet auf einen der Haupttäter, der gleich hereingebracht werden soll. Der Verdächtige, Marco Huckevoll, wirkt nervös, als er von den Beamten hereingeführt wird und sich an den Tisch setzt.

„Marco, wir haben genug Beweise, um dich für eine lange Zeit wegzusperren," beginnt Svetlana und startet das Tonbandgerät. „Aber wenn du jetzt redest, können wir vielleicht eine Vereinbarung treffen."

Marco schweigt und starrt auf den Tisch. Svetlana lässt ihm einen Moment, bevor sie fortfährt. „Wir wissen, dass du nicht der Kopf hinter allem bist. Hilf uns, die wahren Drahtzieher zu finden."

Plötzlich bricht Marco in Tränen aus. „Ich wollte das alles nicht. Es ging immer nur ums Geld. Ich habe Schulden, und sie haben mir versprochen, dass alles gut wird, wenn ich mitmache."

Svetlana bleibt ruhig und drängt ihn sanft weiter. „Wer sind ‚sie', Marco? Gib uns Namen."

Marco schaut auf und sein Gesicht ist von Verzweiflung gezeichnet. „Dr. Grauenwurst und Dr. Heiligenschein. Sie haben alles geplant. Die Entführungen, die Morde, alles. Sie haben mich gezwungen, mitzumachen."

Svetlana nickt und schreibt eifrig mit. „Erzähl mir mehr. Wie haben sie dich reingezogen?"

Marco schluchzt und beginnt zu erzählen. „Es fing alles mit einem kleinen Job an. Ich sollte nur ein paar Informationen besorgen, ein bisschen Druck ausüben. Dann wurde es immer mehr. Sie haben mich erpresst, sagten, sie würden meiner Familie etwas antun, wenn ich nicht mitmache."

Die Worte fließen aus Marco heraus, als würde eine schwere Last von ihm abfallen. Er erzählt von den Treffen in der WittenPharma AG, den geheimen Plänen und wie sie die Kinder entführten und die Väter töteten.

„Dr. Grauenwurst hat die Zwangsfütterungen durchgeführt," sagt Marco mit zitternder Stimme. „Er hat es genossen, die Kontrolle zu haben. Dr. Heiligenschein war immer die, die die Fäden zog. Sie hat alles geplant, jede Bewegung überwacht."

Svetlana hört aufmerksam zu und nickt ermutigend. „Du machst das gut, Marco. Jede Information hilft uns, diese Monster zu stoppen."

Marco atmet tief durch. „Ich wollte nie, dass jemand stirbt. Ich wollte nur meine Schulden begleichen und ein normales Leben führen."

Svetlana schaltet das Tonbandgerät aus und legt eine Hand auf Marcos Schulter. „Du hast das Richtige getan, Marco. Jetzt können wir sie zur Rechenschaft ziehen."

Mit dem unerwarteten Geständnis von Marco haben Svetlana und ihr Team endlich die entscheidenden Informationen, die sie brauchen. Die Verbindungen sind klar, die Verantwortlichen benannt. Es ist ein großer Schritt zur Lösung des Falls und zur Gerechtigkeit für die Opfer und ihre Familien.

Als Marco aus dem Raum geführt wird, tritt Claudia Donnerfuß ein. „Das war ein Durchbruch, Svetlana. Jetzt haben wir sie."

Svetlana nickt und ein kleines Lächeln spielt auf ihren Lippen. „Ja, Claudia. Jetzt holen wir sie uns."

Mit neuem Elan und entschlossener als je zuvor machen sich Svetlana und ihr Team an die Arbeit. Die letzten Puzzleteile fallen an ihren Platz, und das Netz um die Drahtzieher zieht sich immer enger. Die Jagd ist noch nicht vorbei, aber sie wissen, dass sie auf dem richtigen Weg sind.

Kapitel 43: Die letzten Puzzleteile (Martin Großkugel)

Im Polizeipräsidium Witten herrscht geschäftiges Treiben. Martin Großkugel sitzt konzentriert vor seinem Commodore C64. Die Bildschirme flimmern, während er Daten analysiert. Neben ihm sortiert Nesrin Kleinkugel akribisch Fotokopien und Notizen. Die Luft ist erfüllt von der Spannung des bevorstehenden Durchbruchs.

„Nesrin, schau dir das mal an," ruft Martin aufgeregt und deutet auf den Bildschirm. „Ich glaube, ich habe die Verbindung gefunden."

Nesrin tritt näher und beugt sich über den Monitor. „Was hast du?"

„Hier," sagt Martin und zeigt auf eine Datei. „Diese finanziellen Transaktionen verbinden Dr. Grauenwurst direkt mit den Offshore-Konten, die zur Finanzierung der Entführungen und Morde genutzt wurden."

Nesrin nickt. „Das ist groß. Aber wir brauchen noch mehr, um sie alle festzunageln."

Martin druckt die relevanten Seiten aus und wirft einen kurzen Blick auf den Fotokopierer, der summend seine Arbeit verrichtet. „Lass uns die Dokumente durchgehen, die wir aus Dr. Heiligenscheins Büro gesichert haben. Irgendwo da drin müssen die letzten Puzzleteile sein."

Sie setzen sich an einen großen Tisch und breiten die Fotokopien aus. Jede Seite wird sorgfältig überprüft, Notizen werden verglichen und Querverweise markiert. Die Zeit vergeht, aber sie bleiben fokussiert.

„Hier ist was," ruft Nesrin plötzlich. „Eine handschriftliche Notiz von Dr. Heiligenschein. Sie erwähnt ein geheimes Treffen im Büro von Dr. Grauenwurst."

Martin nimmt die Seite und liest sie gründlich. „Das passt. Wir haben bereits Hinweise, dass sie sich regelmäßig dort trafen. Aber diese Notiz könnte der Beweis sein, dass sie die Verbrechen gemeinsam geplant haben."

Die beiden arbeiten weiter, finden immer mehr Verbindungen und Beweise, die das Netz um die Täter enger ziehen. Schließlich sitzen sie vor einem Haufen von Dokumenten, die alle auf die Schuld von Dr. Grauenwurst und Dr. Heiligenschein hinweisen.

„Das ist es, Nesrin. Wir haben genug, um sie beide vor Gericht zu bringen," sagt Martin und lehnt sich erschöpft, aber zufrieden zurück.

Nesrin lächelt. „Das ist ein großer Sieg. Wir haben es geschafft."

Sie nehmen die gesammelten Beweise und gehen zu Svetlanas Büro. Svetlana sitzt an ihrem Schreibtisch und sieht auf, als die beiden hereinkommen.

„Wir haben alles, was wir brauchen," sagt Martin und legt die Dokumente auf den Tisch. „Das wird sie zur Strecke bringen."

Svetlana lächelt breit. „Fantastische Arbeit, ihr beiden. Jetzt können wir sicherstellen, dass sie für ihre Taten bezahlen."

Mit den endgültigen Beweisen in der Hand, bereitet sich das Team darauf vor, die Drahtzieher zur Rechenschaft zu ziehen. Die letzten

Puzzleteile sind an ihren Platz gefallen, und die Gerechtigkeit ist zum Greifen nah.

„Lasst uns das jetzt durchziehen," sagt Svetlana entschlossen. „Für die Opfer und ihre Familien."

Sie verlassen das Büro, bereit für den nächsten Schritt. Die Ermittlungen haben eine entscheidende Wende genommen, und das Team ist entschlossener denn je, die Täter vor Gericht zu bringen.

Kapitel 44: Gerichtsvorbereitung (Dr. Jochen Hatbock)

Im Anwaltsbüro von Dr. Jochen Hatbock herrscht geschäftiges Treiben. Der Raum ist voll mit Akten und Dokumenten, die sorgfältig auf dem großen Konferenztisch ausgebreitet sind. Dr. Klaus Nachtgeist sitzt im Rollstuhl, beugt sich über die Papiere und macht sich Notizen. Neben ihm steht Dr. Jochen Hatbock, der mit einem Marker wichtige Stellen in den Dokumenten hervorhebt.

„Wir müssen sicherstellen, dass unsere Beweise wasserdicht sind," sagt Klaus mit entschlossener Stimme. „Jede Lücke könnte von der Verteidigung ausgenutzt werden."

Jochen nickt zustimmend. „Svetlana und ihr Team haben großartige Arbeit geleistet. Wir haben genug Material, um diese Leute hinter Gitter zu bringen."

In diesem Moment betritt Svetlana das Büro, gefolgt von Claudia und Martin. Svetlana trägt eine Mappe mit den neuesten Beweisen und legt sie auf den Tisch.

„Das sind die letzten Berichte von Dr. Gudrun Fleischwurst," sagt sie. „Sie hat weitere forensische Beweise gefunden, die unsere Anklage untermauern."

Klaus nimmt die Mappe und blättert durch die Seiten. „Perfekt. Das wird uns helfen, die Verbindung zwischen den Tätern und den Verbrechen noch deutlicher zu machen."

Martin setzt sich an den Commodore C64 und beginnt, die Beweise in das System einzugeben. „Ich werde die Daten sofort in unsere

Präsentation einfügen, damit wir vor Gericht alles klar und deutlich darstellen können."

Claudia fügt hinzu: „Ich habe bereits die Zeugenlisten durchgesehen und alle notwendigen Vorladungen vorbereitet. Wir müssen sicherstellen, dass alle wichtigen Zeugen bereit sind, auszusagen."

Jochen schaut auf seine Uhr. „Wir haben nicht viel Zeit. Lasst uns die wichtigsten Punkte noch einmal durchgehen und sicherstellen, dass wir nichts übersehen haben."

Das Team arbeitet intensiv zusammen und überprüft jede einzelne Datei, jeden Beweis und jede Zeugenaussage. Die Fotokopierer laufen heiß, während sie Kopien der Dokumente anfertigen und sicherstellen, dass alles ordnungsgemäß sortiert und vorbereitet ist.

„Klaus, du übernimmst die Eröffnungserklärung," sagt Jochen. „Du hast die besten Argumente und kannst die Jury von Anfang an überzeugen."

Klaus nickt. „Ich werde alles geben. Wir müssen diesen Leuten Gerechtigkeit verschaffen."

Svetlana und Claudia gehen die letzten Details der Ermittlungen durch und besprechen, wie sie ihre Aussagen vor Gericht präsentieren werden. Martin überprüft noch einmal die technische Ausrüstung und stellt sicher, dass alle elektronischen Beweise fehlerfrei funktionieren.

„Alles bereit," sagt Martin und lehnt sich zurück. „Jetzt können sie kommen."

Jochen erhebt sich und schaut in die Runde. „Dann lasst uns das durchziehen. Für die Opfer und ihre Familien."

Das Team verlässt das Büro und macht sich auf den Weg zum Polizeipräsidium Witten, um die letzten Vorbereitungen abzuschließen. Die Spannung ist greifbar, aber sie sind entschlossen, den Fall zu gewinnen und die Täter zur Rechenschaft zu ziehen.

Als sie im Polizeipräsidium ankommen, bereiten sie den Konferenzraum für die letzte Besprechung vor. Der spinatgrüne Citroën CX von Svetlana parkt draußen, bereit für die Fahrt zum Gericht.

„Heute ist der Tag," sagt Svetlana und schaut entschlossen in die Runde. „Lasst uns Gerechtigkeit schaffen."

Mit diesen Worten beginnen sie die finale Besprechung und machen sich bereit, den Fall vor Gericht zu bringen. Die Wahrheit ist endlich ans Licht gekommen, und die Täter werden für ihre Verbrechen bezahlen.

Kapitel 45: Der Prozess gegen Huckevoll und Angsthase beginnt (Richter Helmut Hammerhart)

Im großen Saal des Bochumer Landgerichts herrscht gespannte Stille. Richter Helmut Hammerhart, ein Mann mit strenger Miene und durchdringendem Blick, sitzt im Rollstuhl hinter dem Richterpult. Neben ihm stehen Staatsanwalt Klaus Nachtgeist, ebenfalls im Rollstuhl, und die Verteidiger der Angeklagten. Der Raum ist voll mit Journalisten, Familien der Opfer und anderen Zuschauern, die den Beginn des Prozesses gespannt erwarten.

„Der Gerichtssaal kommt zur Ruhe," verkündet der Gerichtsdiener laut. „Der Fall gegen die Angeklagten Marco Huckevoll, Thomas Angsthase und Dr. Ingrid Heiligenschein beginnt nun."

Richter Hammerhart erhebt seine Stimme. „Dieser Prozess ist von großer Bedeutung. Die Anklage lautet auf Entführung, Mord und illegale Experimente. Wir werden jeden Beweis sorgfältig prüfen und sicherstellen, dass Gerechtigkeit geschieht."

Die Tür des Saals öffnet sich, und die Angeklagten werden hereingeführt. Marco Huckevoll und Thomas Angsthase wirken nervös. Sie setzen sich auf die Anklagebank, die Augen auf den Boden gerichtet.
„Staatsanwalt Nachtgeist, Sie haben das Wort," sagt Richter Hammerhart und nickt seinem Kollegen zu.

Klaus Nachtgeist rollt vor, seine Stimme klar und bestimmt. „Meine Damen und Herren, wir haben es hier mit schwerwiegenden Verbrechen zu tun. Die Beweise sind erdrückend, und wir werden beweisen, dass diese Personen für ihre abscheulichen Taten zur Rechenschaft gezogen werden müssen."

Er beginnt, die Beweise vorzutragen, unterstützt von Tonbandaufnahmen und Dokumenten, die auf einfachen Computern projiziert werden. Die Beweise umfassen Tonbandaufnahmen der Verhöre, Berichte von Dr. Gudrun Fleischwurst und Aussagen der Überlebenden.

„Wir werden nun die Zeugen aufrufen," fährt Klaus fort. „Zuerst die Ermittlerin Svetlana Elendt."

Svetlana betritt den Zeugenstand, ihr Blick fest auf die Angeklagten gerichtet. Sie schildert die Ermittlungen, die Entdeckungen und die Verhöre mit klarer, entschlossener Stimme. Jeder im Raum spürt die Dringlichkeit und den Ernst ihrer Worte.

„Frau Elendt, können Sie uns von der Entdeckung des versteckten Raumes im Korpus-Gesamtikus-Sonderschulinternat erzählen?" fragt Klaus.

Svetlana nickt. „Wir fanden Barbara Unbequem und Dieter Rewaldi in einem schrecklichen Zustand. Die Beweise, die wir dort sicherten, waren eindeutig und belastend."

Richter Hammerhart verfolgt jede Aussage mit kritischem Blick. „Die Beweise sprechen eine deutliche Sprache," sagt er. „Aber wir müssen auch die Verteidigung hören."

Herold Donnergroll, der Verteidiger von Dr. Heiligenschein, erhebt sich. „Euer Ehren, meine Mandantin bestreitet jede Beteiligung an diesen Verbrechen. Wir werden beweisen, dass sie unschuldig ist."

Die Verhandlung nimmt ihren Lauf, Zeugenaussagen werden gemacht, Beweise vorgelegt und Kreuzverhöre geführt. Richter Hammerhart führt die Verhandlung mit fester Hand und stellt sicher, dass jede Aussage und jeder Beweis sorgfältig geprüft wird.

„Herr Huckevoll, möchten Sie etwas zu Ihrer Verteidigung sagen?" fragt Richter Hammerhart streng.

Marco Huckevoll hebt zögernd den Kopf. „Ich… ich habe nur Befehle befolgt," stottert er. „Es war nicht meine Idee."

„Das wird das Gericht entscheiden," antwortet Richter Hammerhart kühl. „Die Verhandlung wird fortgesetzt."

Der Prozess zieht sich über mehrere Stunden hin, die Spannung im Saal bleibt konstant hoch. Jede Aussage, jede neue Enthüllung wird aufmerksam verfolgt.

„Damit endet der heutige Verhandlungstag," erklärt Richter Hammerhart schließlich. „Wir setzen morgen fort. Die Gerechtigkeit wird siegen."

Die Zuschauer beginnen zu murmeln, während die Angeklagten aus dem Saal geführt werden. Svetlana und ihr Team verlassen den Gerichtssaal, bereit, sich auf den nächsten Verhandlungstag vorzubereiten.

Die Wahrheit ist auf dem Weg, ans Licht zu kommen. Jeder Schritt, jede Aussage bringt sie der Gerechtigkeit näher. Und Richter Hammerhart ist entschlossen, dass diese Gerechtigkeit ohne Kompromisse vollzogen wird.

Kapitel 46: Die Zeugenaussagen Huckevoll und Angsthase (Hannelore Rewaldi)

Im Bochumer Landgericht herrscht gespannte Stille, als der nächste Verhandlungstag beginnt. Richter Helmut Hammerhart sitzt wie immer in seinem Rollstuhl hinter dem Richterpult, bereit, die Zeugenaussagen entgegenzunehmen. Die Zuschauer, darunter Journalisten und Familien der Opfer, warten gespannt auf die nächsten Entwicklungen.

„Wir rufen Hannelore Rewaldi in den Zeugenstand," verkündet der Gerichtsdiener laut.

Hannelore Rewaldi steht langsam auf und geht zum Zeugenstand. Ihre Hände zittern leicht, doch ihr Blick ist fest. Sie weiß, wie wichtig ihre Aussage für den Fall ist. Sie nimmt Platz und richtet ihre Augen auf Richter Hammerhart, der ihr beruhigend zunickt.

„Frau Rewaldi, erzählen Sie uns bitte von den Ereignissen, die zu dieser Anklage geführt haben," fordert Richter Hammerhart.

Hannelore atmet tief durch und beginnt zu sprechen. „Es war die schlimmste Nacht meines Lebens. Mein Mann Wolfgang war verschwunden, und ich wusste nicht, wo er war. Dann fand ich heraus, dass auch mein Sohn Dieter im Internat nicht auffindbar war."

Ihre Stimme zittert, als sie fortfährt. „Die Polizei hat meinen Mann später tot in einer leerstehenden Lagerhalle gefunden. Mein Sohn Dieter wurde schwer verletzt und traumatisiert im Korpus-Gesamtikus-Sonderschulinternat entdeckt."

Im Gerichtssaal herrscht absolute Stille, während Hannelore spricht. Die Anwesenden spüren den Schmerz und die Verzweiflung in ihren

Worten. Staatsanwalt Klaus Nachtgeist nickt ihr ermutigend zu, bevor er die nächste Frage stellt.

„Können Sie uns sagen, ob Sie jemals Verdacht geschöpft haben oder ob Ihnen etwas Ungewöhnliches aufgefallen ist?" fragt er.

Hannelore überlegt kurz und antwortet dann. „Nein, alles schien normal zu sein. Aber jetzt, rückblickend, erinnere ich mich an einige seltsame Gespräche, die mein Mann führte, und an seine plötzliche Nervosität."

„Danke, Frau Rewaldi," sagt Klaus. „Ihre Aussage ist von großer Bedeutung."

Richter Hammerhart richtet das Wort an den Verteidiger. „Herr Donnergroll, haben Sie Fragen an die Zeugin?"

Herold Donnergroll erhebt sich und tritt vor. „Frau Rewaldi, können Sie mit Sicherheit sagen, dass meine Mandantin, Dr. Ingrid Heiligenschein, in irgendeiner Weise direkt beteiligt war?"

Hannelore schaut Donnergroll fest an. „Ich kann es nicht beweisen, aber ich glaube fest daran, dass sie eine Rolle gespielt hat. Zu viele Dinge weisen darauf hin."

Donnergroll nickt und setzt sich wieder. „Keine weiteren Fragen, Euer Ehren."

Hannelore verlässt den Zeugenstand, Tränen in den Augen. Die Zuschauer im Saal murmeln leise, bewegt von ihrer emotionalen Aussage. Die nächste Zeugin wird aufgerufen, und der Prozess geht weiter.

„Wir rufen Elena Unbequem in den Zeugenstand," verkündet der Gerichtsdiener.

Elena tritt vor, ebenfalls sichtlich nervös. Sie beginnt, ihre Erfahrungen zu schildern, während die Anwesenden aufmerksam zuhören. Sie erzählt von dem Verschwinden ihres Mannes Manfred und ihrer Kinder Barbara und Rudolf.

„Ich habe alles verloren," sagt Elena mit bebender Stimme. „Meine Familie wurde mir genommen, und ich musste hilflos zusehen."

Die Schilderungen der Zeugen lassen keinen im Saal unberührt. Die emotionalen Berichte der Opferfamilien zeichnen ein klares Bild des Leids, das durch die Täter verursacht wurde. Jede Aussage bringt die Jury und das Publikum näher an die Wahrheit heran.

„Ich danke Ihnen, Frau Unbequem," sagt Richter Hammerhart. „Ihre Stärke und Ihr Mut, heute hier zu sprechen, sind bemerkenswert."

Der Verhandlungstag endet mit weiteren Zeugen, die ihre Berichte abgeben. Die Emotionen im Gerichtssaal sind greifbar, und die Wahrheit über die abscheulichen Taten der Angeklagten wird immer deutlicher.

Die Gerechtigkeit scheint in greifbarer Nähe, doch der Weg dorthin ist noch lang und steinig. Svetlana und ihr Team sind entschlossen, bis zum Ende zu kämpfen, um sicherzustellen, dass die Täter zur Rechenschaft gezogen werden.

Kapitel 47: Verteidigungsstrategien Huckevoll und Angsthase (Herold Donnergroll)

Im Bochumer Landgericht ist die Spannung greifbar, als Herold Donnergroll, der gewiefte Verteidiger der Angeklagten, sich erhebt, um seine Strategie vorzutragen. Der Saal ist voll besetzt, die Luft schwer von Erwartung. Richter Helmut Hammerhart, im Rollstuhl hinter dem Richterpult, beobachtet Donnergroll aufmerksam.

„Euer Ehren, meine Damen und Herren der Jury," beginnt Donnergroll mit fester Stimme. „Es gibt erhebliche Zweifel an der Beweislage gegen meine Mandanten. Die sogenannten Beweise sind nicht stichhaltig und wurden unter fragwürdigen Umständen gesammelt."

Donnergroll greift zu einem Stapel Akten auf seinem Tisch und hält sie hoch. „Nehmen wir zum Beispiel die Aussagen der Zeugen. Viele dieser Aussagen sind emotional aufgeladen und nicht objektiv. Zudem gibt es keine direkten Beweise, die meine Mandantin, Dr. Ingrid Heiligenschein, eindeutig mit den Verbrechen in Verbindung bringen."

Er geht mit großen Schritten vor den Richtertisch und fixiert die Jury. „Die Polizei hat in ihrem Eifer, einen Täter zu präsentieren, unzulässige Methoden angewandt. Es gibt Hinweise darauf, dass Beweise manipuliert oder gar gefälscht wurden."

Klaus Nachtgeist, der Staatsanwalt, schnaubt verächtlich. „Ihre Behauptungen sind unbegründet, Herr Donnergroll. Die Beweise wurden ordnungsgemäß gesammelt und dokumentiert."

Donnergroll lässt sich nicht beirren. „Ach, wirklich? Was ist mit den gestohlenen Beweisen aus dem Polizeipräsidium? Wer kann garantieren, dass diese Beweise nicht manipuliert wurden, bevor sie wieder aufgetaucht sind?"

Richter Hammerhart hebt die Hand, um die Streithähne zu beruhigen. „Herr Donnergroll, konzentrieren Sie sich auf Ihre Argumentation. Die Jury wird entscheiden, welche Beweise relevant sind."

Donnergroll nickt. „Natürlich, Euer Ehren." Er wendet sich wieder der Jury zu. „Meine Mandantin hat eine glänzende Karriere und keine kriminelle Vergangenheit. Es ist völlig unlogisch, dass sie in solche Verbrechen verwickelt sein sollte. Die wahren Täter versuchen, die Schuld auf unschuldige Personen abzuwälzen."

Er holt tief Luft und fährt fort. „Die sogenannten wissenschaftlichen Beweise, die gegen Dr. Heiligenschein vorgebracht wurden, sind ungenau und könnten leicht missverstanden oder falsch interpretiert worden sein. In der heutigen Verhandlung werde ich beweisen, dass die Ermittlungen fehlerhaft und voreingenommen waren."

Donnergroll setzt sich wieder und Richter Hammerhart wendet sich an die Jury. „Sie haben die Argumente der Verteidigung gehört. Nun werden wir die nächsten Zeugen hören, um zu einer fundierten Entscheidung zu kommen."

Während die nächsten Zeugen in den Saal gebracht werden, lehnt sich Donnergroll zurück und beobachtet aufmerksam. Jeder Moment, jeder Fehler der Staatsanwaltschaft könnte seinen Mandanten helfen.

Die Verhandlung geht weiter, und die Stimmung bleibt angespannt. Donnergroll setzt alles daran, seine Mandanten zu schützen, indem er jeden Beweis, jede Aussage in Frage stellt. Er nutzt juristische Tricks und Taktiken, um Zweifel zu säen und die Glaubwürdigkeit der Ermittlungen zu untergraben.

Svetlana Elendt, die am Rande des Saals steht, beobachtet die Szene mit wachsender Sorge. Sie weiß, dass Donnergroll ein harter Gegner ist und dass der Ausgang des Prozesses ungewiss bleibt. Doch sie ist entschlossen, weiterzukämpfen und die Wahrheit ans Licht zu bringen, egal wie schwirig der Weg auch sein mag.

Kapitel 48: Schlüsselmoment Huckevoll und Angsthase (Svetlana Elendt)

Im Bochumer Landgericht herrscht gespannte Stille, als Svetlana Elendt den Gerichtssaal betritt. Der Prozess gegen die Täter hat bereits viele dramatische Wendungen genommen, doch Svetlana weiß, dass sie heute etwas Entscheidendes in der Hand hat. Sie hat neue Beweise, die während der Razzia gefunden wurden und die alles verändern könnten.

Richter Helmut Hammerhart ruft den Saal zur Ruhe. „Frau Elendt, Sie haben das Wort."

Svetlana steht auf und geht zum Zeugenstand. Ihr Herz klopft, aber sie bleibt ruhig und konzentriert. Sie weiß, dass dieser Moment entscheidend ist. Sie holt tief Luft und beginnt. „Euer Ehren, meine Damen und Herren der Jury, ich habe neue Beweise, die während der Razzia im Versteck der Täter gefunden wurden."

Sie zeigt auf eine Tafel, auf der Fotos von den gefundenen Gegenständen befestigt sind. „Diese Fotos zeigen detaillierte Aufzeichnungen und Pläne, die eindeutig die Beteiligung der Angeklagten an den Entführungen und Morden beweisen. Hier sehen Sie handschriftliche Notizen von Dr. Ingrid Heiligenschein, die die Durchführung der Experimente dokumentieren."

Svetlana hält einen Stapel Papiere hoch. „Diese Dokumente wurden in einem versteckten Safe gefunden. Sie enthalten genaue Anweisungen für die Zwangsfütterung der Opfer, geschrieben in der Handschrift der Angeklagten."

Herold Donnergroll, der Verteidiger, unterbricht. „Das sind bloße Behauptungen. Wie können wir sicher sein, dass diese Dokumente nicht manipuliert wurden?"

Svetlana bleibt ruhig. „Diese Dokumente wurden sofort nach der Razzia gesichert und von der Forensik analysiert. Die Handschriftenanalyse bestätigt eindeutig, dass sie von Dr. Heiligenschein stammen."

Richter Hammerhart nickt und wendet sich an die Jury. „Sie haben die neuen Beweise gehört. Es ist nun an Ihnen, diese Informationen zu bewerten."

Svetlana setzt sich wieder und beobachtet, wie die Jury die Beweise prüft. Der Saal ist angespannt, jeder wartet auf die Reaktion. Sie weiß, dass dies der Wendepunkt im Prozess sein könnte.

Während die Jury die Beweise durchgeht, flüstert Klaus Nachtgeist zu Svetlana. „Das war großartig, Svetlana. Das könnte der Durchbruch sein, den wir brauchen."

Svetlana nickt und lächelt leicht. „Ich hoffe es. Diese Menschen müssen für ihre Taten zur Rechenschaft gezogen werden."

Die Verhandlung wird fortgesetzt, und die neuen Beweise werden eingehend diskutiert. Donnergroll versucht weiterhin, Zweifel zu säen, doch Svetlana bleibt zuversichtlich. Sie weiß, dass die Wahrheit auf ihrer Seite ist und dass die Beweise sprechen werden.

Der Schlüsselmoment im Prozess bringt die Entscheidung näher. Die Jury und das Publikum spüren die Schwere des Augenblicks. Svetlana und ihr Team haben hart gearbeitet, und jetzt liegt es in den Händen der Jury, die Gerechtigkeit zu vollziehen.

Am Ende des Tages verlässt Svetlana den Gerichtssaal und steigt in ihren spinatgrünen Citroën CX. Sie weiß, dass der Kampf noch nicht vorbei ist, aber sie ist entschlossen, weiterzukämpfen. Die neuen Beweise haben den Prozess entscheidend vorangebracht, und sie wird nicht aufgeben, bis die Täter verurteilt sind.

Kapitel 49: Eine unerwartete Wendung Huckevoll und Angsthase (Maximilian Eisenhardt)

Im Bochumer Landgericht herrscht gespannte Stille. Der Prozess nimmt eine neue Wendung, als Maximilian Eisenhardt, ein weiterer Verteidiger der Angeklagten, das Wort ergreift. Er wirkt selbstsicher und entschlossen, als er sich an die Jury wendet.

„Meine Damen und Herren der Jury, ich möchte die Glaubwürdigkeit eines wichtigen Zeugen in Frage stellen", beginnt Maximilian. „Der Zeuge Rudolf Unbequem ist acht Jahre alt. Kinder in diesem Alter sind leicht zu beeinflussen und ihre Aussagen können stark variieren."

Er dreht sich zu Rudolf, der im Zeugenstand sitzt. Der Junge sieht ängstlich aus, doch er versucht tapfer zu bleiben. Maximilian tritt näher und spricht in einem beruhigenden Ton. „Rudolf, erinnerst du dich, was du in deiner ersten Aussage gesagt hast?"

Rudolf nickt zögernd. „Ja, ich erinnere mich."

Maximilian lächelt freundlich. „Kannst du uns bitte noch einmal erzählen, was du gesehen hast?"

Rudolf holt tief Luft und beginnt zu erzählen. „Ich habe gesehen, wie die Männer meinen Papa mit Gewalt festgehalten haben. Sie haben ihn gezwungen, etwas zu essen, obwohl er nicht wollte."

Maximilian nickt verständnisvoll. „Und bist du sicher, dass es dieselben Männer waren, die du hier im Gerichtssaal gesehen hast?"

Rudolf zögert. „Ich glaube schon…"

Maximilian nutzt diesen Moment. „Du glaubst es, aber bist du dir ganz sicher?"

Rudolf sieht unsicher aus und schaut zu Svetlana, die ihm aufmunternd zunickt. Er atmet tief durch. „Ja, ich bin sicher. Es waren dieselben Männer."

Maximilian gibt nicht auf. „Aber Rudolf, erinnerst du dich, dass du in deiner ersten Aussage gesagt hast, du wärst dir nicht sicher, weil es dunkel war?"

Rudolf senkt den Blick. „Ja, es war dunkel, aber ich habe ihre Stimmen erkannt."

Maximilian sieht zur Jury. „Meine Damen und Herren, wir müssen bedenken, dass Rudolf erst acht Jahre alt ist und unter großem Stress stand. Seine Aussage könnte durch Angst und Verwirrung beeinflusst sein."

Svetlana springt auf. „Euer Ehren, Rudolf ist ein mutiger Junge, der Schreckliches erlebt hat. Seine Aussagen sind konsistent und er hat die Täter erkannt, trotz der Dunkelheit."

Richter Helmut Hammerhart hebt die Hand. „Ruhe bitte. Die Jury wird die Aussagen des Zeugen bewerten."

Maximilian setzt sich wieder und wirft Svetlana einen triumphierenden Blick zu. Doch Svetlana bleibt ruhig. Sie weiß, dass Rudolf die Wahrheit sagt und dass die Jury das erkennen wird.

Nach der Verhandlung spricht Svetlana mit Rudolf. „Du hast das sehr gut gemacht, Rudolf. Du warst sehr mutig."

Rudolf lächelt schüchtern. „Danke, Frau Elendt. Ich hoffe, sie glauben mir."

Svetlana nickt. „Das werden sie, Rudolf. Das werden sie."

Der Tag endet, und die Spannung im Gerichtssaal bleibt hoch. Maximilians Versuch, eine überraschende Wende herbeizuführen, hat Zweifel gesät, doch Svetlana und ihr Team bleiben zuversichtlich. Die Wahrheit wird ans Licht kommen, und die Gerechtigkeit wird siegen.

Kapitel 50: Die Schlusserklärung Huckevoll und Angsthase (Klaus Nachtgeist)

Der Gerichtssaal im Bochumer Landgericht ist bis auf den letzten Platz gefüllt. Alle Augen sind auf Staatsanwalt Klaus Nachtgeist gerichtet, der sich langsam erhebt. Im Rollstuhl sitzend, bewegt er sich souverän zum Rednerpult. Die Spannung ist förmlich greifbar.

„Meine Damen und Herren der Jury," beginnt Klaus mit fester Stimme, „wir stehen heute vor einer Reihe von Verbrechen, die nicht nur grausam, sondern auch beispiellos in ihrer Kaltblütigkeit sind. Diese Taten haben nicht nur die Opfer, sondern auch deren Familien und unsere gesamte Gemeinschaft tief erschüttert."

Er wirft einen Blick in die Runde und lässt seine Worte wirken. „Manfred Unbequem, Wolfgang Rewaldi und Manfred Aufgewühlt wurden brutal ermordet. Ihre Kinder wurden entführt und traumatisiert. Diese Verbrechen sind das Werk von Menschen, die keinerlei Mitgefühl oder Reue zeigen."

Klaus hält einen Moment inne und holt tief Luft. „Wir haben die Beweise gesehen. Wir haben die Zeugenaussagen gehört. Die Angeklagten haben versucht, ihre Spuren zu verwischen und die Wahrheit zu verdrehen, aber die Fakten sind klar. Diese Männer haben ihre Opfer gezwungen, unter schrecklichen Umständen zu leiden und schließlich ihr Leben zu verlieren."

Er blickt zu den Angeklagten, die mit gesenkten Köpfen dastehen. „Marco Huckevoll und Thomas Angsthase haben gestanden. Sie haben zugegeben, dass sie die entführten Kinder in ihrer Gewalt hatten. Sie haben zugegeben, dass sie Teil eines grausamen Plans waren, der von den Hintermännern der WittenPharma AG orchestriert wurde."

Klaus' Stimme wird eindringlicher. „Diese Taten dürfen nicht ungestraft bleiben. Die Opfer und ihre Familien verdienen Gerechtigkeit. Und Sie, meine Damen und Herren der Jury, haben die Macht, diese Gerechtigkeit zu bringen."

Er schließt die Augen einen Moment und spricht dann weiter. „Ich fordere Sie auf, die Schwere dieser Verbrechen zu erkennen. Ich fordere Sie auf, den Angeklagten die Strafe zu geben, die sie verdienen. Lassen Sie uns gemeinsam ein Zeichen setzen, dass solche Taten in unserer Gesellschaft keinen Platz haben."

Klaus endet seine Schlusserklärung und bewegt sich zurück zu seinem Platz. Der Richter nickt anerkennend, und die Jury zieht sich zur Beratung zurück. Im Saal herrscht gespannte Stille.

Nach der Sitzung tritt Svetlana an Klaus heran. „Das war beeindruckend, Klaus. Du hast die richtigen Worte gefunden."

Klaus lächelt schwach. „Danke, Svetlana. Jetzt liegt es in den Händen der Jury."

Die Spannung bleibt hoch, als alle auf das Urteil warten. Die Schwere der Verbrechen und die eindringlichen Worte von Klaus Nachtgeist hallen im Raum nach, während die Gerechtigkeit ihren Lauf nimmt.

Kapitel 51: Die Urteilsfindung Huckevoll und Angsthase (Richter Helmut Hammerhart)

Der Gerichtssaal im Bochumer Landgericht ist still. Die Jury hat sich zur Beratung zurückgezogen, und alle Anwesenden warten gespannt auf das Urteil. Richter Helmut Hammerhart sitzt hinter seinem schweren Holzpult und lässt die vergangenen Wochen Revue passieren.

„Was für ein Fall", denkt er, während er die Akten vor sich durchblättert. Die Beweise sind erdrückend, die Zeugenaussagen eindeutig. Dennoch weiß er, dass die Entscheidung der Jury nicht leichtfertig getroffen wird.

Richter Hammerhart wirft einen Blick auf die Angeklagten, die nervös in ihrer Ecke sitzen. Marco Huckevoll starrt auf den Boden, während Thomas Angsthase unruhig mit den Händen spielt. Die Spannung ist greifbar, jeder im Saal spürt die Schwere des Moments.

„Die Verbrechen sind entsetzlich", murmelt Hammerhart leise vor sich hin. „Entführungen, Zwangsfütterung, kaltblütige Morde. Wie kann jemand so etwas tun?" Er schüttelt leicht den Kopf und atmet tief durch.

Er denkt an die Opferfamilien, die während des Prozesses so viel Mut und Stärke gezeigt haben. Besonders Hannelore Rewaldi und Elena Unbequem sind ihm im Gedächtnis geblieben, ihre verzweifelten Gesichter und die Trauer in ihren Augen.

Das leise Summen des Tonbandgeräts auf seinem Pult bringt ihn zurück in die Gegenwart. „Es ist meine Pflicht, gerecht zu urteilen", erinnert er sich selbst. „Unparteiisch und fair, aber auch streng."

Die Tür zur Jurykammer öffnet sich, und die Mitglieder der Jury treten ein. Der Vorsitzende der Jury, ein älterer Mann mit grauem Haar, sieht ernst aus. Alle Augen im Saal sind auf ihn gerichtet.

„Die Jury hat ein Urteil gefällt", verkündet er mit fester Stimme.

Richter Hammerhart nickt und hebt die Hand, um den Raum zur Ruhe zu bringen. „Bitte treten Sie vor und verkünden Sie das Urteil."

Der Vorsitzende der Jury tritt zum Rednerpult und räuspert sich. „Im Fall von Marco Huckevoll und Thomas Angsthase, angeklagt wegen Entführung, Zwangsfütterung und Mordes, befindet die Jury die Angeklagten in allen Anklagepunkten für schuldig."

Ein kollektiver Seufzer geht durch den Raum. Manche der Zuschauer nicken zustimmend, andere wischen sich Tränen aus den Augen. Die Angeklagten sinken auf ihren Plätzen zusammen.

Richter Hammerhart lehnt sich zurück und lässt das Urteil auf sich wirken. „Die Gerechtigkeit hat gesiegt", denkt er. Aber seine Arbeit ist noch nicht vorbei. Er muss das Strafmaß festlegen.

„Danke, meine Damen und Herren der Jury", sagt er schließlich und richtet sich auf. „Die Verhandlung ist vorerst geschlossen. Das Strafmaß wird in einer separaten Sitzung festgelegt."

Der Saal beginnt sich zu leeren, die Menschen flüstern und diskutieren das Urteil. Richter Hammerhart bleibt noch einen Moment sitzen, bevor er langsam aufsteht und in sein Büro geht. Er weiß, dass noch viel Arbeit vor ihm liegt, aber er ist entschlossen, bis zum Ende für die Gerechtigkeit zu kämpfen.

Die Spannung im Saal löst sich langsam, während die Anwesenden den Gerichtssaal verlassen. Draußen wartet die Presse, bereit, das Urteil in die Welt hinauszutragen. Aber für Richter Hammerhart und alle Beteiligten ist dies nur ein weiterer Schritt in einem langen und schmerzhaften Prozess der Aufarbeitung.

Kapitel 52: Das Urteil Huckevoll und Angsthase (Svetlana Elendt)

Der Gerichtssaal des Bochumer Landgerichts ist bis auf den letzten Platz gefüllt. Alle warten gespannt auf das Urteil. Svetlana Elendt sitzt in der ersten Reihe und beobachtet die Gesichter der Anwesenden. Die Spannung ist greifbar, jeder scheint den Atem anzuhalten.

Richter Helmut Hammerhart betritt den Saal und setzt sich hinter das schwere Holzpult. Die Anwesenden stehen auf und setzen sich erst, als Hammerhart ihnen ein Zeichen gibt. Seine ernste Miene lässt keinen Zweifel daran, dass dieser Moment von großer Bedeutung ist.

„Im Namen des Volkes", beginnt Hammerhart mit fester Stimme. „Urteile ich über die Angeklagten Marco Huckevoll und Thomas Angsthase. Sie werden in allen Anklagepunkten für schuldig befunden."

Svetlana fühlt eine Welle der Erleichterung durch den Saal schwappen. Neben ihr greifen sich Hannelore Rewaldi und Elena Unbequem an den Händen, Tränen der Erleichterung laufen ihnen über die Wangen. Svetlana spürt einen Kloß im Hals, aber sie zwingt sich, ruhig zu bleiben.

„Marco Huckevoll wird zu einer lebenslangen Haftstrafe verurteilt", fährt Hammerhart fort. „Thomas Angsthase wird zu 25 Jahren Haft verurteilt. Beide Strafen sind ohne Möglichkeit auf vorzeitige Entlassung."

Ein Raunen geht durch den Raum, aber es ist mehr ein kollektives Ausatmen. Die Angehörigen der Opfer, die sich so lange nach Gerechtigkeit gesehnt haben, können endlich aufatmen. Svetlana bemerkt, wie Klaus Nachtgeist im Rollstuhl einen triumphalen Blick mit Richter Hammerhart austauscht. Die beiden haben viel dafür getan, dass dieser Tag Wirklichkeit wird.

Draußen vor dem Gericht warten die Reporter und Kameras. Svetlana weiß, dass sie sich gleich den Fragen der Presse stellen muss. Aber jetzt, in diesem Moment, nimmt sie sich einen Augenblick, um die Erleichterung und die Genugtuung zu genießen.

Während die Verurteilten abgeführt werden, richtet Svetlana ihre Gedanken bereits auf die nächsten Schritte. „Die Arbeit ist noch nicht vorbei", erinnert sie sich selbst. „Es gibt noch mehr zu tun. Noch mehr, was ans Licht gebracht werden muss."

Sie steht auf und geht hinaus in den Flur, wo die Presse schon wartet. Mit festem Schritt und entschlossenem Blick stellt sie sich den Fragen.

„Frau Elendt, wie fühlen Sie sich nach diesem Urteil?" fragt ein Reporter.

„Erleichtert", antwortet Svetlana. „Es ist ein wichtiger Schritt zur Gerechtigkeit für die Opfer und ihre Familien. Aber es gibt noch viel zu tun. Wir werden weiterhin hart arbeiten, um sicherzustellen, dass alle Verantwortlichen zur Rechenschaft gezogen werden."

Während sie spricht, denkt sie an die bevorstehenden Aufgaben. Neue Ermittlungen, neue Beweise, neue Hindernisse. Aber jetzt, in diesem Moment, genießt sie die Erleichterung und den Sieg über die Täter.

„Danke für Ihre Aufmerksamkeit", beendet sie das Interview und geht zu ihrem spinatgrünen Citroën CX. Der Wagen wartet auf sie, genauso wie die nächsten Herausforderungen, die vor ihr liegen.

„Wir haben es geschafft", murmelt sie leise zu sich selbst, als sie in den Wagen steigt und den Motor startet. „Aber es gibt noch viel mehr zu tun."

Kapitel 53: Eine neue Bedrohung (Dr. Ingrid Heiligenschein)

Es ist eine dunkle, mondlose Nacht, als Dr. Ingrid Heiligenschein in ihrem Versteck sitzt. Der kleine Raum, den sie sorgfältig ausgewählt hat, ist kaum mehr als ein verlassenes Kellerlabor, aber für ihre Zwecke reicht es. Sie hat es geschafft, dem Prozess zu entgehen, indem sie ihre Verbindungen und ihren scharfen Verstand genutzt hat. Doch der Gedanke an ihre Verhaftung und die erlittene Demütigung brennen in ihrem Kopf wie ein nie endender Schmerz.

Ingrid sitzt an einem alten Metalltisch, der mit verschiedenen Laborgeräten übersät ist. Die schwache Glühbirne, die von der Decke hängt, taucht den Raum in ein unheimliches Licht. Vor ihr liegen Papiere, vollgekritzelt mit Notizen und Formeln. Ihre Augen blitzen entschlossen, während sie über ihren nächsten Schritt nachdenkt.

„Sie werden alle dafür bezahlen", murmelt sie leise zu sich selbst. Ihre Stimme hallt im leeren Raum wider. „Diese sogenannten Ermittler und ihre lächerlichen Versuche, mich zu Fall zu bringen."

Sie greift nach einem Reagenzglas und dreht es in ihren Händen. Ihre Gedanken rasen. Sie weiß, dass sie vorsichtig sein muss. Svetlana Elendt und ihr Team haben sie bereits einmal fast erwischt. Doch diesmal wird sie schlauer sein, raffinierter.

„Es gibt immer einen Weg", flüstert sie und beginnt, einige Substanzen zu mischen. Ihre Hände bewegen sich geschickt und präzise, als ob sie in einem orchestrierten Tanz sind. Das Laborgerät gibt ein leises Summen von sich, während die Chemikalien reagieren.

Ingrids Gedanken schweifen zurück zu den letzten Wochen. Sie erinnert sich an die Gesichter der Ermittler, an ihre Arroganz und Überzeugung, dass sie Gerechtigkeit walten lassen würden. Es war fast amüsant zu sehen, wie sie dachten, sie hätten gewonnen. Aber Ingrid hat noch Asse im Ärmel.

„Ihr habt mich vielleicht besiegt, aber das Spiel ist noch nicht vorbei", sagt sie mit einem kalten Lächeln. Sie blickt auf eine Karte von Witten, die an der Wand hängt. Ihre Augen fixieren sich auf bestimmte Orte, ihre Finger zeichnen imaginäre Linien, die ihre nächsten Schritte planen.

Sie lehnt sich zurück und betrachtet ihr Werk. Das Geräusch der Reagenzgläser und Kolben beruhigt sie. Es gibt ihr das Gefühl von Kontrolle und Macht, etwas, das sie um jeden Preis zurückgewinnen will. Sie weiß, dass sie diesmal nichts dem Zufall überlassen darf.

„Ich werde stärker zurückkommen", schwört sie und ihre Stimme hat jetzt eine gefährliche, entschlossene Kante. „Und wenn ich das tue, werdet ihr alle den Preis zahlen."

Ingrid blickt aus dem kleinen Kellerfenster. Der Mond hat sich hinter dicken Wolken versteckt, und die Dunkelheit draußen passt zu der Dunkelheit in ihrem Herzen. Sie steht auf, nimmt eine Liste von ihrem Tisch und überprüft sie ein letztes Mal. Jeder Punkt darauf ist ein Schritt zu ihrem ultimativen Plan.

„Es gibt kein Zurück mehr", flüstert sie und steckt die Liste in ihre Tasche. „Nur noch nach vorne."

Mit einem letzten Blick auf das Laborgerät verlässt Ingrid den Keller. Ihre Schritte hallen durch den verlassenen Korridor, und das leise Quietschen der alten Tür kündigt ihre Abreise an. Die Nacht verschlingt sie, aber ihr Plan ist klar. Und die Bedrohung, die sie darstellt, ist realer und gefährlicher als je zuvor.

„Ich komme zurück, Svetlana", sagt sie leise in die Dunkelheit. „Und dieses Mal werde ich gewinnen."

Kapitel 54: Eine gefährliche Entdeckung (Claudia Donnerfuß)

Claudia Donnerfuß steht vor dem großen, imposanten Gebäude der WittenPharma AG. Es ist ein grauer, verregneter Tag, und der Himmel scheint sich mit schwerem, drohendem Grau über die Stadt zu legen. Claudia zieht ihren Mantel enger um sich, atmet tief durch und betritt das Gebäude. Sie hat ein mulmiges Gefühl im Magen, etwas, das sie nicht ignorieren kann.

Im Inneren des Gebäudes herrscht reges Treiben. Mitarbeiter eilen durch die Gänge, vertieft in ihre Arbeit. Claudia zeigt ihren Ausweis vor und geht zielsicher in Richtung des Labors von Dr. Ingrid Heiligenschein. Sie weiß, dass hier irgendetwas nicht stimmt. Ihre letzte Begegnung mit Ingrid war alles andere als zufriedenstellend, und nun hat sie Hinweise darauf, dass Ingrid weiterhin illegale Experimente durchführt.

Claudia erreicht die Tür des Labors und zögert einen Moment. Sie kann das Summen der Maschinen und das leise Klirren von Glas im Inneren hören. Mit einem entschlossenen Nicken öffnet sie die Tür und betritt den Raum. Das Labor ist voll von Geräten, die in akkurater Präzision angeordnet sind. An den Wänden hängen Diagramme und Notizen, die Claudias Interesse wecken.

Sie zieht ihre Kamera heraus und beginnt, alles zu dokumentieren. Jedes Gerät, jede Notiz wird sorgfältig fotografiert. Claudia bewegt sich vorsichtig durch den Raum, achtet darauf, keine Spuren zu hinterlassen. Sie weiß, dass Ingrid Heiligenschein keine Fehler toleriert und sie jede Unachtsamkeit bemerken würde.

Plötzlich entdeckt Claudia einen kleinen, versteckten Bereich hinter einem großen Regal. Sie schiebt das Regal zur Seite und findet eine Tür, die halb offen steht. Ihr Herz schlägt schneller, als sie die Tür öffnet und den Raum betritt. Was sie dort sieht, lässt ihr das Blut in den Adern gefrieren.

In dem versteckten Raum stehen mehrere Tanks, gefüllt mit einer seltsamen, grünlichen Flüssigkeit. An den Wänden hängen Diagramme und Notizen über Menschenversuche. Claudia erkennt sofort die Gefahr, die von diesen Experimenten ausgeht. Sie nimmt ihre Kamera und beginnt, alles zu fotografieren. Ihre Hände zittern, aber sie zwingt sich zur Ruhe.

„Das kann nicht wahr sein", murmelt sie leise vor sich hin. Sie hat immer gewusst, dass Ingrid skrupellos ist, aber das hier übertrifft ihre schlimmsten Befürchtungen. Claudia weiß, dass sie schnell handeln muss. Sie verlässt den Raum, schließt die Tür hinter sich und schiebt das Regal wieder an seinen Platz. Ihre Gedanken rasen, als sie den Raum verlässt und zurück zu ihrem Auto geht.

Im Polizeiwagen sitzend, greift Claudia zum Funkgerät und ruft Svetlana an. „Svetlana, ich habe etwas gefunden. Wir müssen uns sofort treffen. Es ist schlimmer, als wir dachten."

Svetlanas Stimme am anderen Ende klingt alarmiert. „Ich bin unterwegs. Bleib dort, wo du bist. Wir kommen sofort."

Claudia legt auf und lehnt sich in ihrem Sitz zurück. Der Regen prasselt auf das Autodach, und sie kann nicht anders, als sich Sorgen zu machen. Die Entdeckung, die sie gerade gemacht hat, könnte alles verändern. Sie weiß, dass sie sich auf eine gefährliche Auseinandersetzung einlassen wird, aber es gibt kein Zurück mehr. Die Wahrheit muss ans Licht kommen, egal was es kostet.

Kapitel 55: Ein letztes Aufbäumen (Svetlana Elendt)

Im Polizeipräsidium Witten herrscht eine gespannte Atmosphäre. Svetlana Elendt sitzt in ihrem kleinen Büro und studiert die neuesten Beweise, die Claudia geliefert hat. Das Bild von den Tanks mit der grünlichen Flüssigkeit lässt ihr keine Ruhe. Sie weiß, dass sie jetzt handeln müssen, bevor Dr. Ingrid Heiligenschein ihre Pläne weiter vorantreiben kann.

„Okay, Leute, wir müssen uns beeilen", sagt Svetlana entschlossen, als sie die anderen Ermittler um sich versammelt. „Wir haben jetzt genug Beweise, um Ingrid zu stoppen. Wir müssen sicherstellen, dass wir alle möglichen Fluchtwege blockieren und sie festnehmen."

Claudia, Martin, Sandra und Nesrin nicken zustimmend. Jeder von ihnen hat eine Aufgabe und weiß genau, was zu tun ist. Die Anspannung ist greifbar, aber auch eine gewisse Entschlossenheit liegt in der Luft.

„Claudia, du und Nesrin kümmert euch um die Überwachung. Wir müssen sicherstellen, dass Ingrid keinen Verdacht schöpft, bevor wir zuschlagen", erklärt Svetlana weiter. „Martin, du gehst mit mir und Sandra direkt zum Labor. Wir müssen so schnell und unauffällig wie möglich vorgehen."

Claudia holt die alten Kommunikationsmittel aus dem Schrank. Funkgeräte und tragbare Radios werden an alle verteilt. „Das hier wird uns helfen, in Kontakt zu bleiben. Wir dürfen keinen Fehler machen, sonst entkommt sie uns wieder."

Svetlana nickt und überprüft noch einmal ihre Ausrüstung. Dann zieht sie ihre Jacke an und verlässt mit den anderen das Büro. Draußen steht der spinatgrüne Citroën CX bereit, ebenso wie ein Polizeiwagen, ein alter Mercedes-Benz W123. Sie steigen ein und fahren los, das Ziel klar vor Augen.

Die Fahrt zum WittenPharma AG-Gebäude ist still und angespannt. Svetlana konzentriert sich auf die Straße, während die anderen in Gedanken ihre Aufgaben durchgehen. Es regnet leicht, was die Sicht erschwert, aber das Team lässt sich nicht beirren.

Am Ziel angekommen, parken sie die Autos in sicherer Entfernung. Svetlana gibt letzte Anweisungen: „Wir gehen rein, überprüfen alle Räume und stellen sicher, dass wir Ingrid finden. Claudia, du und Nesrin überwacht die Eingänge. Wir müssen schnell und leise sein."

Sie betreten das Gebäude und teilen sich auf. Svetlana, Martin und Sandra gehen zum Labor, während Claudia und Nesrin die Überwachung übernehmen. Die Flure sind dunkel und verlassen, nur das Summen der Maschinen ist zu hören. Svetlana kann das Adrenalin in ihren Adern spüren, aber sie bleibt fokussiert.

Sie erreichen das Labor und öffnen vorsichtig die Tür. Das Labor ist leer, aber die Spuren der illegalen Experimente sind überall sichtbar. „Sie muss hier irgendwo sein", flüstert Martin und zeigt auf eine versteckte Tür.

Svetlana nickt und signalisiert Sandra, die Tür zu öffnen. Dahinter führt eine Treppe hinunter in einen Keller. „Da unten ist sie", sagt Sandra entschlossen. „Wir müssen vorsichtig sein."

Sie gehen die Treppe hinunter, ihre Schritte hallen in der Stille wider. Unten angekommen, finden sie Ingrid Heiligenschein, die verzweifelt versucht, ihre Ausrüstung zu packen und zu fliehen.

„Stopp! Polizei! Hände hoch!", ruft Svetlana laut und richtet ihre Waffe auf Ingrid.

Ingrid erstarrt, ihre Augen weiten sich vor Schreck. „Ihr werdet mich nicht aufhalten", zischt sie und greift nach einer Spritze auf dem Tisch.

Svetlana reagiert blitzschnell und stürmt vor, entreißt Ingrid die Spritze und wirft sie zu Boden. „Es ist vorbei, Ingrid. Wir haben alles, was wir brauchen, um dich hinter Gitter zu bringen."

Ingrid sinkt auf die Knie, die Verzweiflung in ihren Augen ist sichtbar. „Ihr versteht nicht, was auf dem Spiel steht", murmelt sie, aber Svetlana schenkt ihr kein Gehör.

„Nehmt sie mit", befiehlt Svetlana und die anderen Beamten führen Ingrid ab. Die Erleichterung ist groß, aber Svetlana weiß, dass der Kampf noch nicht ganz vorbei ist. Sie muss sicherstellen, dass Ingrid für immer unschädlich gemacht wird.

Die letzten Schritte der Operation laufen reibungslos, und als sie das Gebäude verlassen, fällt eine Last von Svetlanas Schultern. Sie steigt in den Citroën und fährt zurück zum Präsidium, bereit, den Fall endgültig abzuschließen.

Kapitel 56: Die letzte Schlacht

Es ist spät am Abend, als Svetlana und ihr Team das Versteck von Dr. Ingrid Heiligenschein erreichen. Das alte, heruntergekommene Gebäude liegt am Stadtrand, verborgen zwischen dichten Bäumen und verrosteten Zäunen. Der Regen peitscht gegen die Fensterscheiben, als Svetlana den spinatgrünen Citroën CX parkt und das Team sich bereitmacht.

„Okay, Leute, das ist unsere letzte Chance", sagt Svetlana und schaut in die angespannten Gesichter ihrer Kollegen. „Dr. Grauenwurst ist hier, und wir wissen, dass Hanni und Herbert Aufgewühlt auch hier irgendwo versteckt sind. Wir müssen vorsichtig sein."

Sie schnappt sich ihr Funkgerät und überprüft, ob alle Geräte funktionieren. Die einfache Ausstattung ist nicht optimal, aber Svetlana weiß, dass es ausreichen muss. „Bleibt in Kontakt und haltet die Augen offen", fügt sie hinzu, bevor sie aus dem Auto steigt.

Das Team teilt sich auf, um das Gebäude von verschiedenen Seiten zu umstellen. Svetlana führt Claudia und Martin durch den Haupteingang, während Sandra und Nesrin die Rückseite sichern. Im Inneren des Gebäudes ist es düster und kalt. Der Geruch von Chemikalien hängt in der Luft, vermischt mit der Feuchtigkeit des Regens.

„Hier entlang", flüstert Svetlana und weist auf einen schmalen Gang, der tiefer in das Gebäude führt. Mit ihren Taschenlampen beleuchten sie den Weg, die Strahlen tanzen auf den staubigen Wänden.

Plötzlich hören sie ein leises Wimmern. „Das muss Hanni oder Herbert sein", sagt Claudia und verstärkt ihr Tempo. Sie folgen dem Geräusch, bis sie vor einer schweren Stahltür stehen.

„Pass auf", warnt Martin und zieht seine Waffe. Svetlana nickt und öffnet vorsichtig die Tür. Dahinter entdecken sie einen Raum, der wie ein improvisiertes Labor aussieht. An einem Tisch sitzt Dr. Lothar Grauenwurst, vertieft in seine Arbeit, während Hanni und Herbert gefesselt in einer Ecke kauern, die Angst in ihren Augen ist unübersehbar.

„Stopp! Polizei!", ruft Svetlana laut und richtet ihre Waffe auf Grauenwurst. Der Arzt schaut auf, überrascht, aber ohne einen Hauch von Reue in seinem Blick.

„Ihr kommt zu spät", sagt Grauenwurst mit einem höhnischen Lächeln. „Meine Arbeit wird weitergehen, auch ohne mich."

„Das werden wir sehen", erwidert Svetlana und macht einen Schritt nach vorne. „Lassen Sie die Kinder los und legen Sie die Hände auf den Tisch."

Grauenwurst erhebt sich langsam, seine Hände erhoben, aber seine Augen funkeln vor Wut. „Ihr habt keine Ahnung, was auf dem Spiel steht", zischt er.

In diesem Moment stürmt Claudia nach vorne und befreit Hanni und Herbert von ihren Fesseln. „Es ist okay, ihr seid jetzt in Sicherheit", flüstert sie beruhigend.

Doch Grauenwurst nutzt den Moment der Ablenkung und greift nach einem Skalpell auf dem Tisch. „Nicht so schnell!", ruft er und wirft sich auf Svetlana. Sie reagiert blitzschnell und weicht aus, wirft ihm dabei eine vorbereitete Lösung aus einer Sprühflasche ins Gesicht.

Grauenwurst schreit auf und greift sich an die Augen. „Was hast du getan?!", brüllt er und taumelt rückwärts. „Nur etwas, das ich in meiner Freizeit entwickelt habe", antwortet Svetlana kühl und tritt ihm das Skalpell aus der Hand.

Sandra und Nesrin stürmen in den Raum und sichern Grauenwurst, während Martin die Kinder hinausführt. „Wir haben ihn", sagt Sandra erleichtert. „Das war knapp."

„Ja, aber wir haben es geschafft", bestätigt Svetlana und lässt den Blick über die Szene schweifen. Die Angst in den Augen der Kinder wandelt sich langsam in Erleichterung, und Svetlana weiß, dass sich die Mühe gelohnt hat.

„Lasst uns hier raus", sagt sie und führt das Team zurück zum Ausgang. Draußen wartet bereits der spinatgrüne Citroën CX, bereit, sie zurück ins Präsidium zu bringen.

Als sie das Gebäude verlassen, fällt eine schwere Last von Svetlanas Schultern. Sie weiß, dass noch Arbeit vor ihnen liegt, aber dieser Sieg bringt sie der Gerechtigkeit einen großen Schritt näher.

Kapitel 57: Die Verhöre Dr. Ingrid Heiligenschein und Dr. Grauenwurst

Im Polizeipräsidium von Witten herrscht eine gespannte Atmosphäre. Der Verhörraum ist kühl und steril, beleuchtet von grellem Neonlicht. Dr. Ingrid Heiligenschein und Dr. Lothar Grauenwurst sitzen auf harten Stühlen, die Hände gefesselt auf dem Tisch vor ihnen. Die Stille im Raum ist drückend.

Svetlana betritt den Raum, gefolgt von Claudia und Sandra. „Es ist Zeit, dass ihr endlich zur Rechenschaft gezogen werdet", sagt Svetlana mit festem Blick. Sie setzt sich gegenüber von Heiligenschein, die nervös mit den Fingern auf den Tisch trommelt.

„Wir wissen, dass ihr beide hinter den Entführungen und Morden steckt", beginnt Svetlana ruhig, aber bestimmt. „Ihr habt uns genug Hinweise hinterlassen."

Heiligenschein blickt auf, ihre Augen funkeln vor Zorn. „Ihr versteht nichts von unserer Arbeit", faucht sie. „Wir haben…"

„Schweigen Sie", unterbricht Svetlana scharf. „Ihre ‚Arbeit' hat unschuldige Leben gekostet. Die Familien der Opfer verdienen Gerechtigkeit."

Claudia legt einige Beweisstücke auf den Tisch – Fotos von den gefundenen Laborgeräten, Notizen mit Grauenwursts Handschrift, medizinische Berichte der Opfer. „Wir haben genug Beweise, um euch beide für lange Zeit hinter Gitter zu bringen", erklärt Claudia kühl.

Grauenwurst, der bisher geschwiegen hat, schaut nun auf. „Ihr habt keine Ahnung, was wir herausgefunden haben", sagt er, seine Stimme zittert leicht vor Wut und Stolz. „Wir standen kurz davor, einen medizinischen Durchbruch zu erzielen!"

„Durchbruch?", fragt Sandra, die sich neben Svetlana gestellt hat. „Sie meinen die grausamen Experimente an wehrlosen Kindern? Das nennst du Durchbruch?"

„Es gibt keine Rechtfertigung für das, was ihr getan habt", fügt Svetlana hinzu. „Eure Zeit der Manipulation und des Terrors ist vorbei."

Heiligenschein schweigt, ihr Gesicht verzerrt vor Wut und Verzweiflung. Grauenwurst starrt nur auf die Beweise, unfähig, eine Antwort zu finden. Die Spannung im Raum ist greifbar, während Svetlana und ihr Team die Täter weiter verhören.

„Ihr werdet für das bezahlen, was ihr getan habt", sagt Svetlana schließlich. „Und die Familien der Opfer werden endlich Frieden finden."

Nach Stunden intensiver Verhöre, bei denen Heiligenschein und Grauenwurst immer wieder versucht haben, ihre Taten zu rechtfertigen, sind die Geständnisse vollständig. Svetlana verlässt den Raum, erleichtert, dass dieser Albtraum endlich zu einem Ende kommt.

Draußen wartet der spinatgrüne Citroën CX auf sie. Svetlana steigt ein, lässt den Blick noch einmal über das Präsidium schweifen und weiß, dass sie für heute ihre Pflicht erfüllt hat. Die Opferfamilien können nun endlich mit der Gewissheit leben, dass die Täter ihrer gerechten Strafe zugeführt wurden.

Kapitel 58: Der Abschlussbericht

Im Polizeipräsidium von Witten herrscht geschäftiges Treiben. Svetlana sitzt an ihrem Schreibtisch, den Blick auf den Bildschirm des Commodore C64 gerichtet. Die grünen Schriftzeichen leuchten im schwach beleuchteten Büro. Auf dem Tisch vor ihr liegen Stapel von Akten und handgeschriebene Notizen.

„Wir sind fast fertig", sagt Martin, der an einer Schreibmaschine sitzt und die letzten Seiten des Abschlussberichts tippt. Das rhythmische Klackern der Tasten erfüllt den Raum.

Svetlana nickt und schiebt sich eine Locke aus dem Gesicht. „Gut, dass wir das alles dokumentieren. Staatsanwalt Klaus Nachtgeist und Opferanwalt Dr. Jochen Hatbock müssen bestens vorbereitet sein."

Claudia tritt mit einem Stapel Akten ein. „Hier sind die letzten Beweise", sagt sie und legt sie auf den Schreibtisch. „Ich habe alles dreifach überprüft. Wir können nichts dem Zufall überlassen."

Sandra, die an einem anderen Tisch sitzt, blättert durch die gesammelten Aussagen. „Es war ein harter Fall, aber ich denke, wir haben alles, was wir brauchen", sagt sie nachdenklich.

Svetlana steht auf und geht zum Fenster. Sie schaut hinaus in den grauen Himmel über Witten. „Wir haben viel erreicht", sagt sie leise. „Aber die Opfer und ihre Familien werden den Schmerz nie vergessen."

Martin blickt von seiner Schreibmaschine auf. „Ja, aber wir haben ihnen Gerechtigkeit gebracht. Das ist das Wichtigste."

Svetlana dreht sich um und lächelt leicht. „Ihr habt recht. Wir haben hart gearbeitet und alles gegeben." Sie kehrt an ihren Schreibtisch zurück und beginnt, die Dokumente in einen Ordner zu heften.

Claudia schiebt ihren Stuhl zurück und steht auf. „Ich werde die Beweise und Berichte jetzt zu Nachtgeist und Hatbock bringen", sagt sie. „Sie werden es brauchen, um den zweiten Prozess vorzubereiten."

„Ich komme mit", sagt Sandra. „Wir sollten sicherstellen, dass sie alles verstehen."

Svetlana nickt zustimmend. „Danke, ihr beiden. Ich werde hier alles abschließen und dann nachkommen."

Die beiden Ermittlerinnen verlassen das Büro, während Svetlana und Martin weiterarbeiten. Das Klackern der Schreibmaschine und das leise Summen des Computers sind die einzigen Geräusche im Raum.

Svetlana nimmt sich einen Moment Zeit, um die Akten durchzublättern. Sie erinnert sich an die Momente der Verzweiflung und des Triumphs während der Ermittlungen. „Es war nicht einfach, aber es hat sich gelohnt", denkt sie.

Einige Stunden später sind alle Dokumente fertig. Svetlana und Martin verstauen die letzten Akten in einer großen Tasche. „Lass uns losgehen", sagt Svetlana und greift nach ihrer Tasche.

Draußen wartet der spinatgrüne Citroën CX. Svetlana steigt ein und fährt zum Gerichtsgebäude. Dort treffen sie auf Nachtgeist und Hatbock, die die Akten entgegennehmen.

„Gute Arbeit, Svetlana", sagt Nachtgeist und blättert durch die Dokumente. „Das wird uns sehr helfen."

„Wir werden unser Bestes tun, um die Täter zur Rechenschaft zu ziehen", fügt Hatbock hinzu.

Svetlana nickt. „Ich weiß, dass ihr das tut. Danke."

Auf dem Rückweg zum Präsidium reflektiert Svetlana über die Bedeutung ihrer Arbeit. Sie weiß, dass die Opfer und ihre Familien niemals vollständig heilen werden, aber sie hofft, dass ihre Arbeit ihnen ein wenig Frieden gebracht hat.

„Wir haben das Richtige getan", sagt sie leise zu sich selbst. „Und das ist alles, was zählt."

Im Polizeipräsidium angekommen, legt sie die Tasche ab und atmet tief durch. Der Fall ist noch nicht vollständig abgeschlossen, aber sie fühlt sich erleichtert, dass sie so weit gekommen sind.

Kapitel 59: Der Prozess gegen Heiligenschein und Grauenwurst beginnt (Richter Helmut Hammerhart)

Im Bochumer Landgericht herrscht eine gespannte Atmosphäre. Der große Gerichtssaal ist voll besetzt. Journalisten, Angehörige der Opfer und andere Interessierte drängen sich auf den Zuschauerrängen. Richter Helmut Hammerhart, der im Rollstuhl sitzt, betritt den Saal und nimmt seinen Platz ein. Seine Anwesenheit strahlt Autorität und Unparteilichkeit aus.

„Der Prozess gegen Dr. Lothar Grauenwurst und Dr. Ingrid Heiligenschein beginnt jetzt", verkündet Richter Hammerhart mit fester Stimme. Er überblickt den Saal, seine Augen funkeln streng hinter der Brille. „Wir werden die Wahrheit herausfinden und Gerechtigkeit walten lassen."

Klaus Nachtgeist, der ebenfalls im Rollstuhl sitzt, erhebt sich und tritt an das Pult. Er hat die Anklageschrift in der Hand. „Die Angeklagten, Dr. Lothar Grauenwurst und Dr. Ingrid Heiligenschein, werden angeklagt wegen Anstiftung zum Mord in drei Fällen, Mord in zwei Fällen, Anstiftung wegen sechsfacher Kindesentführungen, Nötigung und schwerer Körperverletzung aufgrund der illegalen Medikamententests in mehreren Fällen", liest er mit fester Stimme vor.

Der Saal ist mucksmäuschenstill. Alle Augen sind auf Nachtgeist gerichtet. Er fährt fort: „Wir haben belastende Beweise, darunter die Aussagen von Marco Huckevoll und Thomas Angsthase, die die Beteiligung der Angeklagten bestätigen."

Richter Hammerhart nickt und wendet sich an die Verteidiger. „Herr Donnergroll, Herr Eisenhardt, Sie haben die Möglichkeit, eine Stellungnahme abzugeben."

Herold Donnergroll, der Verteidiger von Dr. Ingrid Heiligenschein, erhebt sich. „Meine Mandantin ist unschuldig und wird diese Anschuldigungen energisch zurückweisen", sagt er mit Nachdruck. Maximilian Eisenhardt, der Verteidiger von Dr. Grauenwurst, schließt sich an: „Auch mein Mandant bestreitet alle Vorwürfe und wir werden die Wahrheit ans Licht bringen."

Richter Hammerhart nickt erneut und gibt das Signal, dass der Prozess offiziell beginnt. „Die Zeugen werden nun aufgerufen", sagt er, „bitte bringen Sie die erste Zeugin herein."

Der Gerichtsdiener öffnet die Tür und führt Hannelore Rewaldi herein. Sie wirkt nervös, aber entschlossen. Sie setzt sich in den Zeugenstand und blickt kurz zu den Angeklagten, bevor sie sich dem Richter zuwendet.

„Frau Rewaldi", beginnt Nachtgeist, „können Sie uns bitte erzählen, was Sie über die Entführung Ihres Sohnes und die Morde wissen?"

Hannelore beginnt zu sprechen, ihre Stimme zittert leicht, doch sie gewinnt schnell an Stärke. „Mein Sohn Dieter wurde entführt, und mein Mann Wolfgang wurde ermordet. Ich habe alles verloren, aber ich bin hier, um für Gerechtigkeit zu kämpfen."

Der Prozess geht weiter, und während Hannelore ihre Aussage macht, ist die Spannung im Saal greifbar. Jeder Satz, jedes Wort wird genau beobachtet. Richter Hammerhart führt die Verhandlung mit strenger Hand, lässt keine Unregelmäßigkeiten zu und stellt sicher, dass der Prozess fair und unparteiisch verläuft.

Die Zeugen werden einer nach dem anderen aufgerufen, und jede Aussage bringt mehr Licht in die dunklen Machenschaften von Dr. Grauenwurst und Dr. Heiligenschein. Die Beweise werden sorgfältig geprüft und dokumentiert. Die Tonbandgeräte laufen ununterbrochen, um jede Aussage festzuhalten.

Die Spannung steigt, und es wird klar, dass dieser Prozess entscheidend für die Gerechtigkeit der Opfer und ihrer Familien ist. Die Wahrheit wird Stück für Stück enthüllt, und die Gerechtigkeit rückt immer näher.

Kapitel 60: Die Zeugenaussagen Heiligenschein und Grauenwurst (Waltraut Aufgewühlt)

Im Bochumer Landgericht ist die Atmosphäre gespannt. Der Saal ist voll besetzt, und die Blicke der Zuschauer sind auf den Zeugenstand gerichtet. Richter Helmut Hammerhart gibt das Zeichen, dass die Zeugen ihre Aussagen machen können.

Waltraut Aufgewühlt wird als Erste in den Zeugenstand gerufen. Sie setzt sich, ihre Hände zittern leicht, aber ihr Blick ist fest. "Frau Aufgewühlt, können Sie uns bitte erzählen, was Sie über die Medikamententests wissen?", fragt Staatsanwalt Klaus Nachtgeist.

Waltraut atmet tief ein. "Mein Mann Manfred wurde ermordet, und meine Kinder Hanni und Herbert wurden entführt. Diese Medikamententests haben unser Leben zerstört. Die Tests wurden ohne unser Wissen und ohne unsere Zustimmung durchgeführt. Meine Kinder haben bleibende Schäden davongetragen."

Die Zuschauer im Saal murmeln betroffen. Waltraut fährt fort: "Dr. Ingrid Heiligenschein und Dr. Lothar Grauenwurst haben diese Tests geleitet. Sie haben uns belogen und betrogen."

Als Nächstes wird Hanni Aufgewühlt in den Zeugenstand gerufen. Sie ist noch jung, aber ihre Stimme ist stark. "Ich wurde entführt und gezwungen, diese Medikamente zu nehmen. Es hat so wehgetan, und ich hatte solche Angst."

Dieter Rewaldi folgt. Auch er berichtet von den schrecklichen Erlebnissen während der Tests. "Mein Arm wurde gebrochen, und die

Schmerzen waren unerträglich. Diese Menschen haben uns wie Versuchskaninchen behandelt."

Barbara Unbequem ist die Letzte der Opfer, die ihre Aussage macht. "Diese Tests haben mein Leben ruiniert. Ich habe immer noch Schmerzen und Albträume. Die Verantwortlichen müssen zur Rechenschaft gezogen werden."

Die emotionalen Berichte der Opferfamilien bewegen das Publikum und die Jury sichtbar. Tränen fließen, und die Wut auf die Angeklagten wächst.

Dann wird Marco Huckevoll in Handschellen in den Zeugenstand geführt. Er sieht müde und verbittert aus. "Ja, ich habe an den Entführungen teilgenommen, aber ich habe es nicht allein gemacht. Dr. Heiligenschein und Dr. Grauenwurst haben alles geplant. Sie wollten die Kinder für ihre Experimente."

Nach Marco wird Thomas Angsthase in den Zeugenstand geführt. Er zittert vor Nervosität. "Ich habe nur gemacht, was mir gesagt wurde. Ich hatte solche Angst vor ihnen. Sie haben alles kontrolliert."

Zum Schluss kommt der ehemalige Mitarbeiter der WittenPharma AG, der bereits mit Svetlana gesprochen hatte, in den Zeugenstand. "Ich habe Dokumente gesehen, die die illegalen Experimente belegen. Diese Leute haben wissentlich gegen das Gesetz verstoßen und Menschenleben gefährdet."

Die Tonbandgeräte zeichnen jede Aussage auf. Richter Hammerhart notiert aufmerksam, während die Aussagen weitergehen. Die Beweise gegen Dr. Ingrid Heiligenschein und Dr. Lothar Grauenwurst häufen sich. Der Prozess nähert sich seinem Höhepunkt, und es wird klar, dass die Gerechtigkeit bald siegen wird.

Die Verhandlungen sind intensiv, und die emotionalen Zeugenaussagen bringen die schrecklichen Taten der Angeklagten ans Licht. Die Jury und das Publikum sind tief bewegt, und es besteht kein Zweifel mehr an der Schuld der Angeklagten. Der Prozess zeigt die Stärke der Opfer und die Entschlossenheit der Ermittler, die Verantwortlichen zur Rechenschaft zu ziehen.

Kapitel 61: Verteidigungsstrategien Heiligenschein und Grauenwurst (Herold Donnergroll)

Im Bochumer Landgericht herrscht gespannte Stille, als Herold Donnergroll, der Verteidiger von Dr. Ingrid Heiligenschein und Dr. Lothar Grauenwurst, aufsteht und zum Zeugenstand geht. Er ist bekannt für seine scharfsinnigen juristischen Taktiken und sein rhetorisches Geschick.

"Meine Damen und Herren der Jury," beginnt Donnergroll, "ich möchte betonen, dass meine Mandanten unschuldig sind, bis ihre Schuld zweifelsfrei bewiesen ist. Wir dürfen uns nicht von emotionalen Berichten leiten lassen, sondern müssen uns auf die harten Fakten konzentrieren."

Er holt tief Luft und fährt fort: "Die Beweise, die hier vorgelegt wurden, sind alles andere als eindeutig. Zum Beispiel gibt es keine direkten Beweise, die meine Mandanten mit den angeblichen Experimenten in Verbindung bringen. Die Aussagen der Zeugen, so herzzerreißend sie auch sein mögen, sind größtenteils spekulativ und beruhen auf Hörensagen."

Donnergroll geht zu einem Tisch, auf dem die Dokumente und Beweismittel liegen. "Hier," sagt er und hebt ein Dokument hoch, "haben wir ein angebliches Beweisstück, das zeigt, dass meine Mandantin in illegale Aktivitäten verwickelt ist. Aber ich frage Sie: Wo sind die direkten Beweise? Wo sind die unbestreitbaren Beweise, die sie vor Ort zeigen?"

Er legt das Dokument zurück und geht zur Jury. "Meine Mandantin, Dr. Heiligenschein, ist eine angesehene Wissenschaftlerin. Ihre

Forschungen haben viele Menschenleben gerettet. Wir dürfen nicht zulassen, dass ihr Ruf durch unbegründete Anschuldigungen zerstört wird."

Donnergroll zieht alle Register. Er verweist auf Lücken in der Ermittlungsarbeit, stellt die Glaubwürdigkeit der Zeugen in Frage und nutzt jede juristische Möglichkeit, um Zweifel an den vorgelegten Beweisen zu säen. Er zitiert aus der deutschen Strafprozessordnung von 1983 und dem Strafrecht von 1983, um seine Argumente zu untermauern.

"Und was Dr. Grauenwurst betrifft," fährt er fort, "auch hier fehlen die direkten Beweise. Die Anschuldigungen basieren auf Indizien und Vermutungen. Wir dürfen nicht vergessen, dass ein Menschenleben auf dem Spiel steht. Wir dürfen keine voreiligen Schlüsse ziehen."

Donnergroll spricht mit Nachdruck und Überzeugung, seine Worte sind präzise gewählt. Die Tonbandgeräte zeichnen alles auf, und im Saal ist es so still, dass man eine Stecknadel fallen hören könnte.

"Ich fordere Sie auf, meine Damen und Herren der Jury, bei Ihrer Entscheidung streng nach den Beweisen zu gehen. Lassen Sie sich nicht von Emotionen leiten. Meine Mandanten verdienen eine faire und gerechte Verhandlung."

Richter Helmut Hammerhart beobachtet Donnergroll aufmerksam. Er ist sich der Taktiken des Verteidigers bewusst, bleibt jedoch unbeeindruckt. Die Jury wiederum wirkt nachdenklich, als sie die Worte des Verteidigers verarbeitet.

Donnergroll setzt sich wieder und wartet darauf, wie die Staatsanwaltschaft auf seine Argumente reagieren wird. Er weiß, dass die Chancen gegen ihn stehen, aber er wird bis zum letzten Moment kämpfen, um seine Mandanten zu verteidigen.

Der Prozess geht weiter, und es wird klar, dass die nächsten Tage entscheidend sein werden. Die Wahrheit muss ans Licht kommen, und die Gerechtigkeit muss siegen.

Kapitel 62: Schlüsselmoment Heiligenschein und Grauenwurst (Dr. Jochen Hatbock)

Der Gerichtssaal im Bochumer Landgericht ist bis auf den letzten Platz besetzt. Richter Helmut Hammerhart sitzt ruhig, aber aufmerksam auf seinem Platz, als Dr. Jochen Hatbock, der Anwalt der Opferfamilien, aufsteht und sich bereitmacht, neue Beweise zu präsentieren. Die Spannung im Raum ist förmlich greifbar.

"Meine Damen und Herren," beginnt Hatbock mit fester Stimme, "ich möchte jetzt Beweise präsentieren, die während der letzten Verhaftung und der Befreiung der Kinder Hanni und Herbert Aufgewühlt gefunden wurden. Diese Beweise sind entscheidend, um die Schuld von Dr. Ingrid Heiligenschein und Dr. Lothar Grauenwurst zu beweisen."

Er geht zu einem Tisch, auf dem eine Mappe mit Dokumenten und Fotos liegt. Mit Bedacht holt er ein paar Blätter heraus und zeigt sie der Jury. "Diese Dokumente," erklärt er, "sind Aufzeichnungen über die illegalen Medikamententests, die in den geheimen Laboren der WittenPharma AG durchgeführt wurden. Sie enthalten genaue Details über die Substanzen, die verwendet wurden, und die schrecklichen Nebenwirkungen, die sie auf die Opfer hatten."

Hatbock hält inne, um die Wirkung seiner Worte auf die Jury zu beobachten. Dann zeigt er auf ein Foto, das während der Befreiung von Hanni und Herbert Aufgewühlt aufgenommen wurde. "Dieses Bild zeigt die Vorrichtungen, die im geheimen Labor gefunden wurden. Hier wurden die Kinder festgehalten und misshandelt."

Der Saal ist still, als Hatbock fortfährt. "Aber das ist noch nicht alles. Wir haben auch ein Video gefunden, das Dr. Heiligenschein und Dr.

Grauenwurst dabei zeigt, wie sie die Experimente überwachen. Diese Aufnahmen sind eindeutig und lassen keinen Zweifel an ihrer Beteiligung."

Er spielt das Video ab, und die Jury, sowie alle Anwesenden, sehen die erschreckenden Szenen. Dr. Ingrid Heiligenschein und Dr. Lothar Grauenwurst sind klar zu erkennen. Ihre kalte, berechnende Art, wie sie die Experimente leiten, ist unverkennbar.

"Diese Beweise," sagt Hatbock mit Nachdruck, "zeigen nicht nur die Schuld der Angeklagten, sondern auch die Grausamkeit ihrer Taten. Sie haben Kinder entführt, sie gefoltert und getötet. Sie müssen zur Rechenschaft gezogen werden."

Richter Hammerhart nickt ernst. "Vielen Dank, Dr. Hatbock. Die Jury wird diese Beweise sorgfältig prüfen."

Dr. Ingrid Heiligenschein und Dr. Lothar Grauenwurst sitzen starr auf ihren Plätzen. Ihre Anwälte flüstern hektisch miteinander, aber es ist klar, dass die neuen Beweise einen schweren Schlag darstellen.

Svetlana Elendt beobachtet die Szene von ihrem Platz aus. Sie fühlt eine Mischung aus Erleichterung und Triumph. Die harten Wochen der Ermittlungen, die schlaflosen Nächte und die ständige Gefahr – all das hat sich gelohnt. Die Täter werden endlich zur Rechenschaft gezogen.

Als Hatbock sich wieder setzt, geht ein Murmeln durch den Saal. Die Medienvertreter notieren eifrig, die Angehörigen der Opfer sind bewegt. Dieser Prozess ist ein wichtiger Schritt zur Gerechtigkeit.

Der Richter erklärt eine kurze Pause, damit die Jury die neuen Beweise sichten kann. Svetlana und ihr Team nutzen die Gelegenheit, um sich zu beraten und sich auf die nächsten Schritte vorzubereiten. Es ist klar, dass die nächsten Stunden entscheidend sein werden.

Der Prozess wird fortgesetzt, und die Wahrheit kommt ans Licht. Die Gerechtigkeit ist zum Greifen nah, und die Opferfamilien können endlich aufatmen.

Kapitel 63: Eine unerwartete Wendung Heiligenschein und Grauenwurst (Maximilian Eisenhardt)

Im vollbesetzten Bochumer Landgericht herrscht eine gespannte Atmosphäre. Maximilian Eisenhardt, der Verteidiger von Dr. Ingrid Heiligenschein und Dr. Lothar Grauenwurst, steht auf und richtet sich an das Gericht. Sein Gesichtsausdruck ist ernst und konzentriert. Er hat eine neue Strategie entwickelt, um die Anklage zu untergraben.

"Hoher Richter, geschätzte Mitglieder der Jury," beginnt Eisenhardt, "ich möchte die Glaubwürdigkeit der wichtigen Zeugen Hanni und Herbert Aufgewühlt in Frage stellen. Ihre Aussagen sind von großer Bedeutung für diesen Fall, doch es gibt Ungereimtheiten, die wir nicht ignorieren können."

Er geht zu einem Tisch, auf dem verschiedene Dokumente und Tonbandgeräte liegen. Mit einer betonten Geste nimmt er eine Akte in die Hand und schlägt sie auf. "Diese Unterlagen zeigen, dass Hanni und Herbert Aufgewühlt aufgrund der traumatischen Erlebnisse unter schweren psychologischen Belastungen leiden. Ihre Erinnerungen könnten durch den Schock und die Angst verzerrt sein."

Die Mitglieder der Jury und das Publikum hören aufmerksam zu. Eisenhardt lässt eine kurze Pause, damit seine Worte wirken können. Dann geht er zu den Tonbandgeräten und spielt ein Band ab, auf dem die Verhöre der Kinder zu hören sind. Die Aufnahmen sind emotional aufgeladen, die Stimmen der Kinder zittern vor Angst.

"Wie Sie hören können," fährt Eisenhardt fort, "sind diese Kinder durch ihre Erfahrungen stark belastet. Ihre Aussagen sind voller Widersprüche und Unsicherheiten. Können wir uns wirklich auf ihre Erinnerungen verlassen?"

Richter Helmut Hammerhart hebt eine Hand, um Eisenhardt zu unterbrechen. "Herr Eisenhardt, bedenken Sie, dass diese Kinder unter extremen Bedingungen gelitten haben. Ihre Belastung darf nicht dazu führen, dass ihre Aussagen pauschal in Frage gestellt werden."

Eisenhardt nickt respektvoll. "Natürlich, Herr Richter. Doch ich bitte Sie und die Jury, diese Faktoren bei der Bewertung der Beweise zu berücksichtigen."

Er dreht sich zu den Kindern, die zusammen mit ihrer Mutter Waltraut Aufgewühlt im Zeugenstand sitzen. "Hanni und Herbert, ich weiß, dass ihr viel durchgemacht habt. Aber ich muss fragen: Seid ihr sicher, dass ihr euch an alles richtig erinnert? Habt ihr vielleicht Dinge gesehen oder gehört, die ihr falsch verstanden habt?"

Die Kinder schauen einander an, ihre Gesichter spiegeln Unsicherheit wider. Hanni ergreift schließlich das Wort. "Wir erinnern uns an vieles, aber manche Sachen sind verschwommen. Es war alles so schrecklich."

Die Worte des Kindes lösen ein Raunen im Gerichtssaal aus. Eisenhardt nutzt diesen Moment, um seine Argumentation zu verstärken. "Das ist genau mein Punkt. Diese traumatischen Erlebnisse können die Wahrnehmung und Erinnerung beeinflussen. Wir müssen sicherstellen, dass die Gerechtigkeit auf soliden, unerschütterlichen Beweisen basiert."

Svetlana Elendt, die im Zuschauerbereich sitzt, beobachtet die Szene aufmerksam. Sie spürt die Spannung, die Eisenhardt erzeugt hat, und weiß, dass sie und ihr Team jetzt noch mehr beweisen müssen, dass die Aussagen der Kinder trotz allem glaubwürdig sind.

Richter Hammerhart sieht zu Dr. Jochen Hatbock, der ruhig bleibt, aber innerlich sicherlich auf diesen Angriff vorbereitet ist. "Herr Hatbock, Sie haben die Möglichkeit, auf die Bedenken von Herrn Eisenhardt zu reagieren."

Hatbock steht auf und geht zu den Kindern. "Hanni, Herbert, könnt ihr uns mehr über das erzählen, was ihr erlebt habt? Denkt daran, ihr seid hier sicher."

Hanni nickt und erzählt stockend von den schrecklichen Momenten, die sie durchgemacht haben. Ihre Ehrlichkeit und das kindliche Bemühen, die Wahrheit zu sagen, berühren die Jury und das Publikum.

Maximilian Eisenhardt merkt, dass seine Taktik zwar Verunsicherung gestiftet hat, aber nicht die gewünschte Wirkung erzielt. Er kehrt zu seinem Platz zurück, sein Gesichtsausdruck zeigt, dass er noch nicht aufgegeben hat, aber dass er sich auf eine härtere Verteidigung vorbereiten muss.

Der Prozess geht weiter, und die Wahrheit wird Stück für Stück enthüllt. Die Spannung im Gerichtssaal bleibt hoch, während beide Seiten ihre Argumente vorbringen und die Jury vor der schwierigen Entscheidung steht, wem sie glauben sollen.

Kapitel 64: Die Schlusserklärung Heiligenschein und Grauenwurst (Klaus Nachtgeist)

Der Gerichtssaal des Bochumer Landgerichts ist voll besetzt. Alle Augen sind auf Staatsanwalt Klaus Nachtgeist gerichtet, der in seinem Rollstuhl hinter dem Pult sitzt. Trotz seiner Behinderung strahlt er Autorität und Entschlossenheit aus. Die Anklageschrift liegt vor ihm, sorgfältig sortiert und bereit für seine Schlusserklärung.

Klaus Nachtgeist atmet tief durch und beginnt, seine eindringlichen Worte an die Jury und das Publikum zu richten. „Meine Damen und Herren der Jury," sagt er mit fester Stimme, „wir haben in den letzten Wochen erschütternde und belastende Beweise gegen die Angeklagten, Dr. Ingrid Heiligenschein und Dr. Lothar Grauenwurst, gesehen."

Er macht eine kurze Pause, um die Bedeutung seiner Worte wirken zu lassen. „Diese beiden Personen haben schreckliche Verbrechen begangen. Sie haben unschuldige Kinder entführt, grausame Experimente durchgeführt und Leben auf die brutalste Weise genommen."

Während er spricht, zeigt der Staatsanwalt auf verschiedene Beweisstücke und Fotos, die auf einer Tafel hinter ihm angebracht sind. „Hier sehen Sie die Aufzeichnungen der illegalen Medikamententests, die Verletzungen der Opfer und die Orte, an denen sie gefangen gehalten wurden. Diese Beweise sprechen eine klare Sprache."

Nachtgeist nimmt ein Dokument in die Hand und fährt fort: „Dr. Heiligenschein und Dr. Grauenwurst haben ihre medizinische Expertise missbraucht, um ihre schändlichen Pläne durchzuführen. Sie haben nicht nur gegen das Gesetz verstoßen, sondern auch gegen jede moralische und ethische Verpflichtung, die sie als Ärzte hatten."

Sein Blick wandert über die Gesichter der Jury. „Die Aussagen der Kinder Hanni und Herbert Aufgewühlt, die schmerzhaften Erinnerungen der Opferfamilien und die erdrückenden Beweise lassen keinen Zweifel an der Schuld der Angeklagten."

Klaus Nachtgeist lehnt sich zurück und spricht mit Nachdruck: „Es ist Ihre Aufgabe, diese Menschen zur Rechenschaft zu ziehen. Die Schwere ihrer Verbrechen erfordert eine harte Strafe. Nur so können wir Gerechtigkeit für die Opfer und ihre Familien erlangen."

Er zeigt auf die Angeklagten, die nervös in ihren Sitzen rutschen. „Dr. Ingrid Heiligenschein und Dr. Lothar Grauenwurst müssen für ihre Taten zur Verantwortung gezogen werden. Ihre grausamen Handlungen dürfen nicht ungesühnt bleiben."

Der Staatsanwalt schließt seine Erklärung mit einer letzten, eindringlichen Bitte: „Ich bitte Sie, die Schwere dieser Verbrechen zu bedenken und ein gerechtes Urteil zu fällen. Die Opfer und ihre Familien verdienen Gerechtigkeit. Lassen Sie nicht zu, dass diese monströsen Taten ungestraft bleiben."

Der Gerichtssaal ist still, als Klaus Nachtgeist seine Papiere ordnet und sich zurücklehnt. Die Jury hat nun die Aufgabe, ihre Entscheidung zu treffen. Die Spannung ist greifbar, und alle wissen, dass dieser Moment entscheidend für das Schicksal der Angeklagten ist.

Richter Helmut Hammerhart bedankt sich bei Klaus Nachtgeist für seine eindringlichen Worte und weist die Jury an, sich zur Beratung zurückzuziehen. Alle warten gespannt auf das Urteil, das bald über das

Schicksal von Dr. Ingrid Heiligenschein und Dr. Lothar Grauenwurst entscheiden wird.

Kapitel 65: Die Urteilsfindung Heiligenschein und Grauenwurst (Richter Helmut Hammerhart)

Der Gerichtssaal im Bochumer Landgericht ist erfüllt von einer angespannten Stille. Die Jury hat sich zur Beratung zurückgezogen, und alle warten gespannt auf das Urteil. Richter Helmut Hammerhart sitzt in seinem Rollstuhl und blickt auf die leeren Plätze der Jurybank. Seine Gedanken kreisen um die vorgebrachten Beweise und die Schwere der Verbrechen.

Hammerhart erinnert sich an die neuen Beweise, die im Verlauf des Prozesses aufgetaucht sind. Die grausamen Experimente, die detaillierten Aufzeichnungen der Medikamententests und die Aussagen der Opfer und Zeugen – all das hat ein erschreckendes Bild von den Taten der Angeklagten gezeichnet.

Er schaut auf seine Notizen und ordnet die Unterlagen, die ihm vorliegen. Seine Hände sind ruhig, aber seine Augen spiegeln die Ernsthaftigkeit wider, mit der er diese Aufgabe angeht. Richter Hammerhart weiß, dass dieses Urteil weitreichende Konsequenzen haben wird, nicht nur für die Angeklagten, sondern auch für die Familien der Opfer und die Gesellschaft als Ganzes.

Während die Jury sich berät, durchläuft Hammerhart nochmals die wichtigsten Punkte des Falls. Die erdrückenden Beweise, die emotionale Belastung der Opferfamilien und die Ungeheuerlichkeit der Verbrechen lasten schwer auf ihm. Er atmet tief durch und bereitet sich mental darauf vor, das Urteil zu verkünden.

In der Zwischenzeit füllt sich der Gerichtssaal langsam wieder. Die Anwälte, die Familien der Opfer und die Pressevertreter nehmen ihre Plätze ein. Jeder Blick ist auf die Tür zur Jurykammer gerichtet, gespannt darauf, welche Entscheidung getroffen wird.

Richter Hammerhart wirft einen Blick auf Staatsanwalt Klaus
Nachtgeist, der ebenfalls in seinem Rollstuhl neben dem Anklagepult
sitzt. Nachtgeist hat seine Rolle mit beeindruckender Entschlossenheit
gespielt, und Hammerhart fühlt einen tiefen Respekt für seine Hingabe
an die Gerechtigkeit.

Die Minuten ziehen sich, bis schließlich die Tür zur Jurykammer
aufgeht. Die Mitglieder der Jury betreten den Saal und nehmen ihre
Plätze ein. Eine gespannte Stille legt sich über den Raum, als Richter
Hammerhart seine Position einnimmt und mit fester Stimme spricht.

„Die Jury hat entschieden," verkündet er. „Würden die Vorsitzenden der
Jury bitte aufstehen und das Urteil verkünden?"

Der Vorsitzende der Jury erhebt sich und liest mit ernster Miene das
Urteil vor: „In den Anklagepunkten Anstiftung zum Mord in drei Fällen,
Mord in zwei Fällen, Anstiftung zur sechsmaligen Kindesentführung,
Nötigung und schwerer Körperverletzung im Rahmen illegaler
Medikamententests, befinden wir die Angeklagten Dr. Ingrid
Heiligenschein und Dr. Lothar Grauenwurst für schuldig."

Ein Raunen geht durch den Gerichtssaal. Die Angeklagten wirken
niedergeschlagen, und die Familien der Opfer halten sich fest
umklammert, Tränen in den Augen. Richter Hammerhart nickt und fährt
fort: „Ich danke der Jury für ihre gründliche Arbeit. Die Verurteilten
werden nun die volle Härte des Gesetzes erfahren."

Er wendet sich direkt an die Angeklagten: „Dr. Ingrid Heiligenschein,
Dr. Lothar Grauenwurst, Ihre Verbrechen haben unsägliches Leid

verursacht. Sie werden für lange Zeit hinter Gittern verschwinden und für Ihre Taten büßen."

Mit diesen Worten beendet Richter Hammerhart die Sitzung. Die Erleichterung im Raum ist spürbar, doch die schrecklichen Erinnerungen und die Verluste werden die betroffenen Familien noch lange begleiten. Svetlana und ihr Team haben ihre Mission erfüllt, doch sie wissen, dass die Arbeit für Gerechtigkeit niemals endet.

Kapitel 66: Das Urteil Heiligenschein und Grauenwurst (Svetlana Elendt)

Der Gerichtssaal im Bochumer Landgericht ist bis auf den letzten Platz gefüllt. Die Spannung ist förmlich greifbar. Alle Augen sind auf Richter Helmut Hammerhart gerichtet, der gleich das Urteil verkünden wird. Svetlana sitzt mit ihrem Team in der ersten Reihe. Ihr Herz schlägt schneller, und sie hält den Atem an.

Richter Hammerhart, der wie immer in seinem Rollstuhl sitzt, räuspert sich und blickt ernst in die Runde. "Dr. Ingrid Heiligenschein und Dr. Lothar Grauenwurst," beginnt er mit fester Stimme, "das Gericht hat Ihre Taten sorgfältig geprüft und die Beweise gewogen."

Svetlana spürt, wie die Erleichterung sich langsam in ihr breit macht. Sie weiß, dass die Beweise überwältigend sind. Die illegalen Experimente, die grausamen Morde – alles ist ans Licht gekommen.

"Die Jury hat Sie in allen Anklagepunkten für schuldig befunden," fährt Hammerhart fort. "Wegen Anstiftung zum Mord in drei Fällen, Mord in zwei Fällen, sechsmaliger Kindesentführung, Nötigung und schwerer Körperverletzung werden Sie zu lebenslangen Haftstrafen verurteilt."

Ein Raunen geht durch den Saal. Dr. Ingrid Heiligenschein und Dr. Lothar Grauenwurst sitzen stumm da, die Gesichter ausdruckslos. Für sie ist das Spiel aus, ihre Machenschaften endgültig beendet.

Svetlana lehnt sich zurück und atmet tief durch. Sie hat es geschafft. Doch gleichzeitig weiß sie, dass noch viel Arbeit vor ihr liegt. Die Opferfamilien werden Unterstützung brauchen, und es gibt sicherlich noch andere dunkle Geheimnisse, die ans Licht gebracht werden müssen.

Die Verurteilten werden abgeführt, und Svetlana beobachtet sie, wie sie den Raum verlassen. Der Fall ist abgeschlossen, aber die Auswirkungen werden noch lange nachhallen. Svetlana nimmt sich vor, weiterhin für Gerechtigkeit zu kämpfen, egal wie schwer der Weg sein mag.

Nachdem das Urteil verkündet ist, versammelt sich das Team draußen vor dem Gerichtsgebäude. Der spinatgrüne Citroën CX parkt wie gewohnt in der Nähe. Svetlana lächelt, als sie das Auto sieht – ihr treuer Begleiter in all diesen schwierigen Zeiten.

"Lasst uns an die Arbeit gehen," sagt sie entschlossen. "Es gibt noch viel zu tun."

Die anderen nicken zustimmend, und gemeinsam steigen sie ins Auto. Die Straße vor ihnen ist lang und voller Herausforderungen, aber Svetlana weiß, dass sie mit ihrem Team alles schaffen kann.

Mit einem letzten Blick zurück auf das Gerichtsgebäude fährt Svetlana los, bereit für die nächsten Aufgaben, die vor ihr liegen.

Kapitel 67: Aufräumarbeiten

Im Polizeipräsidium von Witten herrscht reges Treiben. Svetlana Elendt sitzt an ihrem Schreibtisch und sortiert die letzten Berichte. Ihr spinatgrüner Citroën CX parkt draußen vor dem Gebäude, bereit für die nächsten Einsätze.

„Also, Leute", sagt sie zu ihrem Team, „wir haben noch einiges zu tun. Die Opferfamilien brauchen unsere Unterstützung, und wir müssen sicherstellen, dass alle losen Enden des Falls verbunden sind."

Claudia Donnerfuß, Martin Großkugel und Nesrin Kleinkugel nicken zustimmend. Sie wissen, dass ihre Arbeit noch nicht zu Ende ist.

„Claudia, du fängst mit den Unbequems an", fährt Svetlana fort. „Martin und Nesrin, ihr nehmt euch die Rewaldis vor. Ich kümmere mich um die Aufgewühlts. Wir müssen ihnen helfen, mit den Nachwirkungen des Falls klarzukommen."

Mit den Berichten in der Hand und Aufnahmegeräten ausgestattet, machen sich alle auf den Weg. Svetlana steigt in ihren Citroën und fährt zu den Aufgewühlts. Das Wetter ist trüb und passend zur Stimmung, als sie ankommt und von Waltraut Aufgewühlt an der Tür empfangen wird.

„Frau Aufgewühlt, ich weiß, es war eine schwere Zeit für Sie", beginnt Svetlana. „Aber ich möchte sicherstellen, dass Sie alles haben, was Sie brauchen."

Waltraut nickt dankbar. „Es ist immer noch schwer zu begreifen, was passiert ist. Aber ich bin froh, dass die Verantwortlichen gefasst wurden."

Im Inneren des Hauses setzen sie sich hin, und Waltraut erzählt von den letzten Tagen. Svetlana nimmt alles sorgfältig auf, bietet Ratschläge und Unterstützung an. Sie weiß, wie wichtig es ist, dass die Familien jetzt nicht alleine gelassen werden.

Später am Tag besucht Svetlana auch die Unbequems und die Rewaldis. Überall trifft sie auf Trauer, aber auch auf Erleichterung, dass Gerechtigkeit ihren Lauf genommen hat. Sie spürt, wie wichtig ihre Arbeit ist und wie sehr die Familien ihre Unterstützung schätzen.

Im Polizeipräsidium zurück, fasst Svetlana die Berichte zusammen. Es ist noch viel zu tun, aber sie weiß, dass sie auf dem richtigen Weg sind. Sie schaut aus dem Fenster zu ihrem Citroën und denkt an all die Wege, die sie noch fahren muss, um weiter für Gerechtigkeit zu sorgen.

„Wir haben das Schlimmste hinter uns", sagt sie zu sich selbst. „Aber es gibt noch so viele, die unsere Hilfe brauchen."

Mit diesem Gedanken macht sich Svetlana wieder an die Arbeit. Sie weiß, dass sie nicht aufgeben darf. Es gibt immer noch Opfer, die ihre Unterstützung brauchen, und sie ist bereit, alles zu tun, um ihnen zu helfen.

Kapitel 68: Ein neues Kapitel

Im Polizeipräsidium von Witten herrscht eine Atmosphäre der Erleichterung und Freude. Svetlana Elendt und ihr Team haben den Fall erfolgreich abgeschlossen, und es ist Zeit, diesen Meilenstein zu feiern. Svetlana parkt ihren spinatgrünen Citroën CX vor dem Gebäude und betritt das Büro mit einem zufriedenen Lächeln.

„Leute, das haben wir uns verdient", sagt sie und hebt eine Flasche Sekt hoch. „Wir haben den Fall gelöst und die Täter zur Rechenschaft gezogen."

Claudia, Martin und Nesrin klatschen begeistert. „Du hast es wirklich drauf, Svetlana", sagt Claudia. „Ohne dich hätten wir das nie geschafft."

„Es war eine Teamleistung", erwidert Svetlana bescheiden. „Wir haben alle unseren Teil beigetragen."

Nach der kleinen Feier im Büro schlagen sie vor, ins Café an der Ecke zu gehen, um richtig zu feiern. Svetlana ruft vom Festnetztelefon im Büro aus an, um einen Tisch zu reservieren.

Im Café angekommen, genießen sie die entspannte Atmosphäre und das gute Essen. Svetlana lehnt sich zurück und genießt den Moment. Sie hat hart gearbeitet und freut sich über das, was sie erreicht haben.

„Was wirst du jetzt machen, Svetlana?" fragt Martin. „Zurück zu deinem alten Leben?"

Svetlana lächelt geheimnisvoll. „Ich habe ein Angebot bekommen. Sie wollen, dass ich dauerhaft als Sonderermittlerin arbeite."

„Das ist ja großartig!" ruft Nesrin begeistert. „Das passt perfekt zu dir."

Svetlana nickt. „Ja, ich denke, ich werde das Angebot annehmen. Es fühlt sich richtig an. Ich habe das Gefühl, dass ich noch viel mehr erreichen kann."

Die anderen nicken zustimmend. „Du bist genau das, was wir brauchen", sagt Claudia. „Jemand, der kreativ denkt und sich nicht von Hindernissen aufhalten lässt."

Der Abend vergeht in angenehmer Gesellschaft, und Svetlana fühlt sich bereit für das, was vor ihr liegt. Sie weiß, dass es noch viele Herausforderungen geben wird, aber sie ist bereit, sich ihnen zu stellen. Ihr spinatgrüner Citroën CX steht draußen, bereit für die nächste Fahrt ins Ungewisse.

„Auf uns und auf das, was noch kommt", sagt Svetlana und hebt ihr Glas.

„Auf uns", stimmen die anderen ein.

Svetlana weiß, dass dies der Beginn eines neuen Kapitels in ihrem Leben ist. Sie hat ihre Bestimmung gefunden und ist bereit, alles zu geben, um für Gerechtigkeit zu sorgen. Mit ihrem Team an ihrer Seite und ihrem Citroën, der sie auf ihren Wegen begleitet, blickt sie hoffnungsvoll in die Zukunft.

Epilog: Rückblick und Ausblick

Im dämmrigen Licht ihres Wohnzimmers sitzt Svetlana Elendt auf ihrem bequemen Sofa und blickt aus dem Fenster. Die Sonne geht langsam unter und taucht die Stadt Witten in ein warmes, goldenes Licht. Es ist ruhig, nur das leise Summen des Kühlschranks und das gelegentliche Hupen eines Autos sind zu hören. Ihr spinatgrüner Citroën CX steht draußen vor dem Haus, bereit für die nächste Fahrt ins Ungewisse.

„Es ist geschafft", denkt sie und lässt die letzten Wochen Revue passieren. Der Fall war hart, die Ermittlungen zermürbend, doch das Team hat es gemeinsam geschafft. Die Täter sind gefasst, und die Opfer können endlich zur Ruhe kommen. Svetlana denkt an die Menschen, denen sie begegnet ist, die Schicksale, die ihr offenbart wurden. Sie fühlt sich dankbar und zugleich traurig. Die Opfer und deren Familien, ihre Gesichter, ihre Geschichten – sie alle haben sich in ihr Gedächtnis eingebrannt.

„Es war eine schwere Zeit, aber wir haben es geschafft", murmelt sie vor sich hin. Die Erleichterung über den abgeschlossenen Fall mischt sich mit einem tiefen Bedürfnis, weiterzumachen, weiter für Gerechtigkeit zu kämpfen. Svetlana weiß, dass dies nicht das Ende ist, sondern nur ein weiterer Schritt auf ihrem Weg.

Das Telefon klingelt und reißt sie aus ihren Gedanken. Es ist ein altes, rotierendes Festnetztelefon, das sie seit Jahren besitzt. Die Stimme am anderen Ende gehört ihrem Kollegen Martin. „Alles in Ordnung bei dir, Svetlana?" fragt er.

„Ja, alles gut. Ich denke nur nach", antwortet sie und schließt kurz die Augen, um sich auf das Gespräch zu konzentrieren.

„Wir vermissen dich hier im Büro. Es ist seltsam ruhig ohne dich", sagt Martin lachend.

„Ich werde bald zurück sein", verspricht sie. „Ich brauche nur etwas Zeit, um alles zu verarbeiten."

Nachdem sie aufgelegt hat, blickt sie wieder aus dem Fenster. Der Himmel färbt sich inzwischen dunkelblau und die ersten Sterne sind zu sehen. Svetlana fühlt eine seltsame Mischung aus Ruhe und Aufregung. Etwas in ihr sagt ihr, dass die nächste Herausforderung nicht lange auf sich warten lässt.

In einem verlassenen Industriegebiet, weit entfernt von Svetlanas friedlichem Zuhause, versammelt sich eine kleine Gruppe im Schatten eines alten Gebäudes. Ein Mann Peter und zwei Frauen Ellie und Maria planen ihre nächsten Schritte. Die Atmosphäre ist angespannt, geheimnisvoll. Auf einem Tisch liegt eine Karte der Stadt, markiert mit verschiedenen Punkten. Einer davon ist Svetlanas Wohnadresse.

„Alles ist vorbereitet", sagt Peter leise und blickt zu Ellie und Maria, die zustimmend nicken. „Das nächste Ziel ist ausgewählt."

„Wann beginnen wir?" fragt Ellie eine der Frauen, ihre Stimme kaum mehr als ein Flüstern.

„Bald", antwortet Peter. „Sehr bald."

Svetlana ahnt nichts von den dunklen Plänen, die sich in der Stadt zusammenbrauen. Sie weiß nur, dass sie bereit ist, was auch immer kommen mag. Mit einem tiefen Atemzug steht sie auf und geht zu ihrem Citroën CX. Sie streicht liebevoll über die glänzende Motorhaube und lächelt. Dieses Auto hat sie durch viele Abenteuer begleitet, und sie ist sicher, dass es sie auch weiterhin sicher führen wird.

„Auf ins Ungewisse", murmelt sie und steigt ein. Das Leben ist voller Überraschungen und Svetlana ist bereit, sich ihnen zu stellen. Der Motor startet mit einem vertrauten Brummen, und sie fährt los, in eine Zukunft voller Geheimnisse und Abenteuer. Der Kampf um Gerechtigkeit ist noch lange nicht vorbei.

Impressum

Angaben gemäß § 5 TMG:

Verantwortlich für den Inhalt nach § 55 Abs. 2 RStV
Sabine Traeder
Martener Straße 356
44379 Dortmund
Deutschland

Kontakt
Telefon: 01520/6061123]
E-Mail: Erfolg79@gmx.de

Haftung für Inhalte
Als Diensteanbieter sind wir gemäß § 7 Abs.1 TMG für eigene Inhalte auf diesen Seiten nach den allgemeinen Gesetzen verantwortlich. Nach §§ 8 bis 10 TMG sind wir jedoch nicht verpflichtet, übermittelte oder gespeicherte fremde Informationen zu überwachen oder nach Umständen zu forschen, die auf eine rechtswidrige Tätigkeit hinweisen. Verpflichtungen zur Entfernung oder Sperrung der Nutzung von

Informationen nach den allgemeinen Gesetzen bleiben hiervon unberührt.

Urheberrecht

Die durch die Seitenbetreiber erstellten Inhalte und Werke auf diesen Seiten unterliegen dem deutschen Urheberrecht. Die Vervielfältigung, Bearbeitung, Verbreitung und jede Art der Verwertung außerhalb der Grenzen des Urheberrechtes bedürfen der schriftlichen Zustimmung des jeweiligen Autors bzw. Erstellers. Downloads und Kopien dieser Seite sind nur für den privaten, nicht kommerziellen Gebrauch gestattet.

© 2024 Sabine Traeder
Verlag: BoD · Books on Demand GmbH, In de Tarpen 42,
22848 Norderstedt
Druck: Libri Plureos GmbH, Friedensallee 273, 22763 Hamburg
ISBN: 978-3-7693-1155-6

Milton Keynes UK
Ingram Content Group UK Ltd.
UKHW042248241124
451423UK00016B/46